BASTEI
LÜBBE

Aus der Taschenbuchreihe JOHN SINCLAIR von Jason Dark sind nachstehende Romane erhältlich. Fragen Sie im Buch- oder Zeitschriftenhandel nach diesen Titeln:

73 001 Angst über London
73 002 Der goldene Buddha
73 003 Das Grab in der Hölle
73 004 Luzifers Festung
73 005 Alptraum in Atlantis
73 006 Die Rache der Horror-Reiter
73 007 Die Vampir-Flotte
73 008 Die Seelenburg
73 009 Ghouls in Manhattan
73 010 Disco Dracula
73 011 Die Werwolf-Elite
73 012 Die Todesgöttin
73 013 Hexenwahn
73 014 Tokatas Todesspur
73 015 Der Dämonen-Parasit
73 016 Blutige Rosen
73 017 Satans Eulen
73 018 Der Höllenbote
73 019 Ewige Schreie
73 020 In dieser Straße wohnt die Angst
73 021 Das Trumpf-As der Hölle
73 022 Die Jenseits-Falle
73 023 Friedhof der Verfluchten
73 024 Der lächelnde Henker
73 025 Die Leichenstadt

Jason Dark

Kalis Schlangengrube

Horror-Roman

BASTEI
LÜBBE

BASTEI-LÜBBE-TASCHENBUCH
John Sinclair
Band 73 026

Titelillustration: Agentur Norma
Umschlaggestaltung: Quadro-Grafik, Bensberg
Druck und Verarbeitung:
Hanseatische Druckanstalt GmbH, Hamburg
Printed in Western Germany
ISBN 3-404-73026-7

Der Preis dieses Bandes versteht sich einschließlich der gesetzlichen Mehrwertsteuer.

Es war bereits der dritte Abend, an dem Peter Brandon seine Wohnung leer fand. Cynthia war nicht wiedergekommen!

Er rief sie trotzdem, als er von der Arbeit kam. Seine Stimme hallte durch die Wohnung, die ohne Cynthia verlassen wirkte, und das Echo seiner Worte kam dem Mann wie ein höhnischer Gruß vor.

Draußen war es längst dunkel geworden. Die Brandons wohnten in einer schmalen Straße, die vom Durchgangsverkehr zum Glück verschont geblieben war. Nur hin und wieder, wenn mal ein Fahrzeug am Haus vorbeirauschte, huschte der Widerschein eingeschalteter Scheinwerfer geisterhaft am Fenster vorbei.

Brandon ließ sich in einen Sessel fallen. Er stützte die Ellenbogen auf die Oberschenkel und legte sein Kinn auf die Handteller. Dabei stierte er zu Boden, und abermals kehrten die quälenden Gedanken und auch Vorwürfe zurück. Er fragte sich zum wiederholten Male, ob er am Verschwinden seiner Frau die Schuld trug. Sicher, ihre Ehe war nicht vorbildlich gewesen, da hing auch kein Himmel mehr voller Geigen, aber irgendwie erwartete man das nach 20 Jahren auch nicht. Cynthia war ihren eigenen Weg gegangen, den er ihr nicht verbaut hatte. Sie wollte sich selbst verwirklichen, schien es geschafft zu haben, denn zweimal in der Woche war sie an den Abenden unterwegs. Da ging sie in ihren Club.

Was das für ein Club war, dahinter war Peter Brandon nie gekommen. Auf entsprechende Fragen hatte Cynthia nur immer mit der Begründung ausweichende Antworten gegeben, daß dem Club sowieso nur Frauen angehörten.

Und die Zahl der Mitglieder war sehr groß, so viel wußte

Peter inzwischen. Mindestens zwanzig, wenn nicht noch mehr. Was sie bei ihren Versammlungen trieben, das wußte er hingegen nicht. Seine Frau hatte sich immer vornehm ausgeschwiegen.

Natürlich hatte er versucht, über den Club Nachforschungen anzustellen. Gelungen war ihm dies nicht, denn er wußte nicht einmal die Telefonnummer und kannte auch keine Namen. Cynthia hatte einfach nur von ihrem Club gesprochen. Und Brandon wußte lediglich, daß er sich irgendwo in London etabliert hatte.

Brandon stand auf. Als er sich in der Bewegung befand und seinen Körper fast durchgedrückt hatte, hörte er das seltsame Geräusch.

Es war ein Zischen!

Brandon versteifte. Er schluckte, und sein Adamsapfel bewegte sich dabei. Dann lockerte er den Knoten seiner Krawatte, ging ein paar Schritte zur Seite und lauschte abermals, ob sich das Zischen vielleicht wiederholte.

Nein, da tat sich nichts.

Brandon dachte über die Ursache des Geräuschs nach. Es konnte irgendwo in der Wohnung aufgeklungen sein, an einer defekten Leitung, aber mit Gas kochten sie schon lange nicht mehr, also mußte es einen anderen Grund haben.

Rasch ging er in die Küche.

Es war der kleinste Raum der Wohnung. Das Geschirr stapelte sich in der Spüle, denn Peter hatte es versäumt, abzuwaschen. Er wollte es auch nicht. Wenn Cynthia zurückkehrte, dann sollte sie diese Arbeit übernehmen.

Er schaute sich die Spüle an, dann den E-Herd und blickte auch dahinter, doch nirgendwo konnte er etwas entdecken, was dieses seltsame Zischen gerechtfertig hätte.

Achselzuckend ging er wieder zurück in den Living-room.

Daß er an der kleinen Bar vorbeikam, empfand er als praktisch. Er öffnete die Klappe und holte eine Flasche Scotch hervor.

Mit ihr und einem Glas bewaffnet, lief er zum Sessel und ließ sich schwer in das Möbel hineinfallen.

Als er dem Whisky nachschaute, wie er in das Glas gluk-kerte, da dachte er an seine Frau und verzog das Gesicht. Verdammt, sollte ihm die Alte doch gestohlen bleiben. Seine Sorge wandelte sich um in Wut. Ja, Wut, Ärger und Starrsinn. Da schuftete man den ganzen Tag in diesem Büro der Versicherung, mußte sich die Motzereien der Kollegen und Vorgesetzten gefallen lassen, um anschließend noch den Ärger zu Hause zu erleben. Sollte sie sich doch zum Teufel scheren.

»Jawohl, zum Teufel!« sagte er, hob das Glas und nahm einen kräftigen Schluck.

Der Whisky tat gut. Er rann so weich in seine Kehle und spülte den ersten Ärger weg.

Noch einen Schluck.

Plötzlich lachte er, schalt sich einen Narren, daß er dem Weib noch nachgetrauert hatte. Sollte sie bleiben, wo der Pfeffer wuchs, oder direkt in die Hölle marschieren, um dem Teufel einen schönen Gruß zu bestellen.

Er kam auch allein zurecht.

»Sicher komme ich das!« rief er sich selbst zu und sprach noch einen Toast.

Er wollte auch nicht mehr die Polizei benachrichtigen, wie er es eigentlich vorgehabt hatte. Die Bullen konnten ihm nicht helfen. Sie brauchten seine Frau gar nicht zu suchen. Vielleicht hatte sie auch nur mit ihrem komischen Club einen Betriebsausflug gemacht. Das war alles egal, es spielte keine Rolle mehr, er wollte ...

Das Zischen!

Diesmal lauter, und es unterbrach seinen Gedankengang. Peter Brandon sprang so heftig in die Höhe, daß Whisky aus seinem Glas schwappte und zu Boden klatschte, wo die Flüssigkeit einen dunklen Fleck auf dem Teppichboden hinterließ.

Brandon wurde nervös. Unruhig bewegte er seine Finger, zog die Lippen zurück und klimperte mit den Augenlidern. Jetzt wollte er diesem Zischen auf den Grund gehen, und mit schleichenden Schritten bewegte er sich auf die Küche zu.

Auf der Türschwelle blieb er stehen, schaute in den Raum, aber da war nichts zu sehen.

Wo dann?

Ihm fiel die offene Schlafzimmertür auf. Sie war nur einen Spaltbreit geöffnet, und er dachte daran, daß dieses Zischen durchaus im Schlafzimmer seinen Ursprung gehabt haben könnte.

Die Tür lag links von ihm. Peter Brandon streckte seinen Arm aus, spreizte dabei die Hand und stieß mit den Fingern gegen das Holz, so daß die Tür langsam in den Raum schwang. Sein Herz klopfte plötzlich schneller. Schweiß trat aus seinen Poren und benetzte die Stirn.

Er leckte sich über die Lippen, und ein Gefühl der Angst überkam ihn. Er traute sich plötzlich nicht, das Zimmer zu betreten, die Entdeckung, die ihm unter Umständen bevorstand, konnte für ihn schrecklich sein. Sogar an Flucht dachte er, schüttelte jedoch den Kopf und schalt sich im selben Moment einen Narren. Nein, es war Unsinn, einfach davonlaufen zu wollen. Er mußte sich den Problemen schon stellen, wenn er tatsächlich die Wahrheit erfahren wollte.

Noch einmal drückte er die Tür auf. Diesmal hatte er mehr Kraft hinter den Stoß gelegt, und die Tür schwang so weit auf, daß sie mit der Klinke die Wand berührte.

Dort stockte sie.

Freier Blick in das Zimmer.

Peter Brandon schaute auf das große Doppelbett. Der Rahmen bestand aus Eiche. Er hatte die Einrichtung des Zimmers mit in die Ehe gebracht, so alt war das Zimmer schon.

Cynthia schwärmte für farbige Bettbezüge. In dieser Woche hatte sie die lindgrünen übergezogen.

Und mitten auf der rechten Betthälfte, wo Cynthia immer schlief, da hockte etwas.

Es war eine Schlange!

Diese Tatsache allein hätte ausgereicht, um Peter Brandon zu schocken. Aber es kam noch etwas hinzu. Die Schlange besaß einen menschlichen Kopf. Und er zeigte die Züge von Cynthia Brandon!

*

Sie war wieder zurückgekehrt.

Als Schlange!

Peter begann zu lachen. Er wischte mit einer fahrigen Bewegung über seine Stirn, glaubte an eine Täuschung oder Illusion und schrieb das Bild dem schnell genossenen Alkohol zu, aber so sehr er sich auch bemühte, es blieb.

Die Schlange besaß den Kopf seiner Frau.

Zwar verkleinert, aber deutlich zu sehen. Da war die etwas gebogene Nase, die beiden scharfen Falten rechts und links, die sich hart in die Haut gruben, die Augen mit den dunklen Pupillen und das schon angegraute Haar, das sie immer zurückgekämmt hatte, um es im Nacken zu einem lockeren Knoten aufzutürmen.

Das genau war seine Cynthia, mit der er so lange verheiratet war. Sie öffnete den Mund. Peter sah auch die Zunge, aber es war keine menschliche, sondern die einer Schlange.

Lang, dünn und gespalten.

Ein widerliches Werkzeug. Und mit der Zunge drang auch das Zischen aus dem Mund.

Nun wußte Peter Brandon genau Bescheid, und ihm wurde erst jetzt richtig bewußt, was er da erlebte. Seine eigene Frau war zu einem Monstrum geworden.

Eine Schlange mit Menschenkopf!

Das durfte es doch nicht geben. Peter begann zu lachen. Es klang irr, überdreht, spitz und kichernd. So artikulierte sich bei ihm das Gefühl der Panik. Andere hätten vielleicht geschrien und gejammert, er jedoch nicht. Peter lachte, hielt sich am Türfutter fest, schüttelte den Kopf und wollte sich überhaupt nicht mehr beruhigen.

Wieder das Zischen.

Diesmal bösartiger, gefährlicher.

Peters Lachen brach ab. Er zuckte zusammen, sein Gesicht verzerrte sich, und über seinen Rücken kroch eine Gänsehaut. Er bekam genau mit, wie sich die Schlange bewegte. Zuerst ihren Kopf, den ließ sie pendeln, dann den Oberkörper, der sich zusammenringelte und zu einem Fragezeichen wurde.

So bewegte sie sich über das Bett.

Geschmeidig, fast lautlos und gefährlich.

Peter zitterte plötzlich. Er dachte darüber nach, was er alles von Schlangen wußte.

Und das war nicht viel.

Es gab giftige und harmlose. Aber zu welcher Sorte zählte die, die vor ihm lag und ihn mit den Augen seiner Frau so scharf fixierte? War sie auch giftig?

Plötzlich überkam ihn das Zittern. Erst jetzt wurde ihm die Tragweite dessen bewußt, was sich seinen Augen bot. Es war grauenhaft und schaurig. Er wußte selbst nicht, wie er reagieren sollte, und er hatte auch keine Erklärung für das Phänomen, er dachte in diesen Augenblicken daran, daß er die gefährliche Bestie töten mußte. Das war sicher. Wenn sie ihn angriff und giftig ...

Die Schlange verließ das Bett. Sehr geschickt machte sie es, erreichte den Boden, richtete sich auf, und die Augen seiner Frau blickten ihn so scharf an, daß sie ihn fast auf der Stelle bannten.

Er schüttelte den Kopf. »Hau ab!« flüsterte er, »verschwinde.«

Das Zischen klang bösartig. Wahrscheinlich konnte sie nicht sprechen und nur dieses eine Geräusch ausstoßen, aber das ging Peter Brandon unter die Haut.

Es warnte ihn gleichzeitg, und er sprang hastig zurück. In der schmalen Diele landete er, schaute sich um, rammte dann mit der Schulter die Küchentür auf, sprang in den kleinen, viereckigen Raum hinein und suchte nach einer Waffe.

Mit bloßen Händen wollte er die Schlange nicht angreifen. Er mußte etwas zwischen die Finger bekommen, um die Bestie zu töten, wobei er an ein Messer dachte und die Schublade eines Einbauschrankes aufriß. So heftig, daß sie fast aus dem Rahmen gefallen wäre. Seine Hand suchte und fand die richtige Waffe.

Es war ein schmales Messer.

An einer Seite besaß es eine Säge. Mit ihr konnte er die Schlange zerteilen. Peter Brandon dachte nicht mehr daran, daß er unter Umständen seine Frau damit tötete, denn es war ja nicht mehr die Cynthia, die er kannte, sondern ein Wesen, das man als grauenhaft und unheimlich bezeichnen konnte.

Und sie kam.

Die Schlange mit dem Menschenkopf glitt über den

Boden. Sie war kaum zu hören, erreichte die Fliesen in der Küche und schlängelte sich auf den schmalen Tisch zu.

Dabei zischte sie wieder. Diesmal glaubte der Mann sogar die Worte zu verstehen.

»Ich kriege dich, Peter. Ich kriege dich ...«

»Nein!« schrie er. »Nein, verdammt! Du wirst mich nicht zu packen bekommen!« Sein rechter Arm schnellte vor, und er hielt der Schlange die Messerspitze entgegen. »Komm nur, komm nur!« lockte er mit heiserer Stimme, »ich werde dir schon zeigen, wer hier das Sagen hat. Du schaffst mich nicht, du nicht ...«

Und die Schlange schob sich weiter vor. Sie ließ sich sogar Zeit dabei, ihr Kopf pendelte, aber die Augen ließen den Mann keinen Augenblick los.

Er las darin seinen Tod!

In seinen Händen zuckte es. Die Rechte mit dem Messer machte die Bewegungen mit, die auch der Schlangenkopf vollführte. Er wollte ihn mit einem einzigen Hieb vom Körper trennen, und er erlebte in dieser kleinen Küche einen wahren Horror.

Die Schlange wand sich über den Boden, erreichte die Nähe des Stuhlbeins und war für Peter außer Sicht. Ihm stand jedoch ein zweiter Stuhl zur Verfügung. Den riß er an sich, behielt ihn in der linken Hand, um ihn im Notfall auf die Schlange dreschen zu können, wenn es soweit war.

Da sah er sie.

Nicht mit dem Messer stieß er zu, sondern hieb den Stuhl nach unten. Es war ein gewaltiger, ein wuchtiger Schlag, der den Schlangenkopf treffen sollte, aber er war zu schnell, huschte zur Seite, so daß der Hieb fehlte und ein Stuhlbein so hart auf den gefliesten Boden krachte, daß es abbrach.

Fluchend sprang Peter zurück, stieß sich hart den Rücken

und bekam mit, wie die Schlange auf ihn zuschnellte.

Er glaubte, die Klinge pfeifen zu hören, als das Messer durch die Luft schnitt.

Und diesmal traf er.

Die Säge hackte dicht hinter dem Kopf in den Schlangenkörper. Peter hatte viel Kraft in den Schlag gelegt. Er rechnete damit, das mutierte Tier geteilt zu haben, und er hatte sich nicht getäuscht.

Zwei Hälften lagen vor ihm.

Und beide zuckten. Während er einen irren Schrei ausstieß und auf die Hälften starrte, hatte er das Gefühl, einen Wurm vor sich liegen zu sehen.

Er lachte wild. Gleichzeitig hob er den Fuß. Den Absatz wollte er auf den kleinen Kopf rammen, als er mitten in der Bewegung innehielt.

Es hatte geklingelt!

Schon immer hatte er sich über das nervtötende Geräusch der Klingel aufgeregt, diesmal jedoch versetzte es ihm regelrecht einen Schock. Er schüttelte den Kopf, holte schluchzend Atem und drehte sich herum.

Wieder klingelte es.

Peter Brandon wußte nicht, was er machen sollte. Er überlegte, während sich vor seinen Füßen die beiden Hälften bewegten und wie unter Strom zuckten.

Noch einmal schellte es.

Wer konnte das sein? Indem er so dachte, hatte er sich innerlich bereits darauf eingestellt, die Tür zu öffnen. Er wollte sehen, wer draußen stand. Vielleicht war es wichtig. Die beiden Schlangenkörper konnte er später noch wegwerfen, er brauchte den Besuch schließlich nicht in die Küche zu führen.

Peter drehte sich um, verließ den Raum und rief noch in der

Diele: »Ich komme schon, einen Augenblick bitte!«

Wenig später öffnete er.

Vor ihm stand eine blondhaarige Frau, und er prallte überrascht zurück. Die Frau war hübsch. Verdammt hübsch sogar. Sie hatte langes blondes Haar, und ihr Lächeln wirkte auf ihn.

»Guten Tag, Mr. Brandon«, sagte die Unbekannte.

Automatisch erwiderte Peter den Gruß. Dann sagte er: »Was kann ich für Sie tun? Ich kenne Sie nicht. Wer sind Sie?«

»Entschuldigen Sie, daß ich mich nicht vorgestellt habe, aber mein Name ist Jane Collins . . .«

*

Es gibt Autofahrten, auf die man sich regelrecht freut. So erging es mir an diesem Tag, als ich nicht zum Yard Building fuhr, sondern in meinen Wagen stieg, um in Richtung Flughafen zu gondeln. Ich wollte dort einen alten Bekannten und guten Freund abholen. Er hatte aus Indien angerufen und seine Ankunftszeit mitgeteilt.

Stammleser haben sicherlich erraten, um welchen Bekannten es sich hierbei handelte.

Es war Mandra Korab!

Jawohl, Freunde, ihn mußte ich abholen, denn er hatte seinen Besuch angekündigt.

Allerdings war es kein privater Besuch, denn die Umstände zwangen ihn, nach London zu düsen. Und diese Umstände konnte man mit einem Wort umschreiben.

Kali!

Es war die Todesgöttin, die wieder ihre Fühler ausgestreckt hatte, um Angst und Chaos zu bringen. In Indien hatten wir sie damals gejagt, waren in den Dschungel eingedrungen, hatten ihren Tempel gefunden und sie vernichtet.*

Doch nicht die Göttin selbst, sondern nur eine Statue, die ihr zu Ehren aufgebaut worden war und von den Dienern der Göttin sehr verehrt wurde. Mehr wußte ich eigentlich nicht. Mandra Korab hatte etwas von Schlangen erzählt, und es war auch ein weiterer Name gefallen.

Wikka!

Und damit konnte ich etwas anfangen. Die Oberhexe war eine besondere Feindin von mir, denn ihr war es gelungen, Jane Collins von meiner Seite zu reißen und sie zu einer Bestie zu machen. In Jane war der Geist des Rippers gefahren, hatte von ihrer Seele Besitz ergriffen, und so war sie zu einer leichten Beute für Wikka geworden.

Nun diente sie ihr.

Jane tat alles, was Wikka von ihr verlangte. Sie tötete sogar, was mich völlig aus der Bahn geworfen und mir einen Schock versetzt hatte. Meine langjährige Freundin stand jetzt nicht mehr auf meiner Seite, sondern kämpfte für Wikka.

Kali – Wikka – Jane Collins!

Eine Konstellation, die mich erschaudern ließ. Diese drei Namen konnten das Grauen bringen.

Ich startete den Wagen, fuhr aus der Tiefgarage und hatte Mühe, mich in den fließenden Verkehr einzureihen. An diesem kalten Januartag schien alles unterwegs zu sein, was sich eben auf vier Rädern bewegen konnte.

Im Radio hörte ich die Frühnachrichten, die auch nichts Neues brachten. Viele Wagen waren mit einer Eisschicht bedeckt, denn sie hatten im Freien gestanden. Ich konnte zum Glück klar sehen, war sehr froh darüber und sah zu, daß ich auf eine der großen Ausfallstraßen geriet, die mich zum Flughafen brachten.

*Siehe Sinclair-Taschenbuch 73 012: »Die Todesgöttin«

Suko war im Büro geblieben. Er hielt gewissermaßen dort die Stellung, freute sich jedoch ebenfalls auf Mandra Korab, und ich hatte auch Bill Conolly Bescheid gesagt.

Er wollte schon ein Fest arrangieren, doch soweit war es noch nicht. Wir mußten erst einmal abwarten, welch ein Fall da auf uns lauerte.

Es war Montag.

Ein seltsam heller Himmel lag über dem Land. Die Sonne konnte ich nicht sehen, sie war irgendwo verschwunden, aber sie mußte vorhanden sein, sonst hätte es nicht so ein klares Licht gegeben.

Ich fuhr in einem normalen Tempo, dachte an nichts Böses und konzentrierte meine Gedanken allein auf Mandra Korab. Wie hätte ich auch ahnen sollen, daß sich mein silbergrauer Bentley in eine Todesfalle verwandelt hatte, die noch vor dem Erreichen des Flughafens zuschnappen sollte . . .

*

»Jane Collins?«

»Ja, Mr. Brandon, so heiße ich.«

Peter schüttelte den Kopf. Er schaute die modisch gekleidete Frau an und verstand nicht. Seine Besucherin trug einen Thermoanorak, kurze Stiefel und eine elegante Hose. »Ich kenne Sie nicht . . .«

»Das kann ich mir vorstellen, Mr. Brandon. Ich möchte auch nicht zu Ihnen, sondern zu Ihrer Frau.«

Brandon zuckte zusammen, obwohl er mit einer ähnlichen Antwort gerechnet hatte. Es war klar, daß diese Collins nicht zu ihm wollte. Sie gehörte sicherlich zu dem seltsamen Club, wo auch Cynthia immer hinlief, aber er konnte der Fremden jetzt nicht sagen, was mit seiner Frau geschehen war.

»Bitte, lassen Sie mich eintreten!« Jane Collins behielt das Lächeln bei. Sie konnte sehr verbindlich sein, wenn es darauf ankam, aber auch eiskalt.

»Nein, nein, das kann ich nicht zulassen, Miß Collins«, sagte Brandon schnell. »Ich möchte keine fremden Frauen in meiner Wohnung haben. Es macht . . .« Er verhaspelte sich und stockte, als Jane Collins den Kopf schüttelte.

»Ich bitte Sie, Mr. Brandon, ich bin keine Fremde für Ihre Frau.«

»Aber sie ist nicht da!«

»So.« Das Lächeln vereiste. »Sind Sie sich da völlig sicher, Mr. Brandon?«

Peter nickte heftig, obwohl er gleichzeitig ein schlechtes Gewissen bekam. Er hatte das Gefühl, daß die Frau vor ihm seine Lüge auf keinen Fall abnahm.

»Ich weiß aber, daß sie anwesend ist«, erklärte die blondhaarige Besucherin. »Sie können mich da nicht auf den Leim führen, tut mir leid. Und ich muß mit ihr sprechen.«

»Kommen Sie morgen noch einmal wieder.« Peter Brandon wich schon zurück, und seine Finger umklammerten die Türkante. Wenn es hart auf hart kam, wollte er der Besucherin die Tür vor der Nase zuknallen, obwohl es nicht die feine englische Art war, einen Gast dermaßen zu behandeln.

Es schien nicht nötig zu sein, denn Jane Collins hob die Schultern und drehte gleichzeitig ab. »Wenn das so ist«, sagte sie leise, »dann werde ich wirklich . . .«

Sie redete nicht mehr weiter, sondern explodierte aus dem Stand, und Peter Brandon, der mit allem gerechnet hatte, nur damit nicht, wurde völlig überrascht.

Jane Collins hob ihren rechten Arm, streckte ihn und schleuderte ihn in Halshöhe schräg nach hinten.

Peter hatte das Gefühl, von einem Brett getroffen zu werden. Er flog zurück in seine Wohnung, die Beine wurden ihm unter dem Boden weggerissen, mit der Schulter prallte er gegen die Wand und riß noch die kleine Kommode an der Garderobe mit um.

Als sie zu Boden schlug, da schloß die ehemalige Detektivin und jetzige Hexe bereits die Tür.

Auf der Schwelle blieb Jane Collins stehen.

Ihr Lächeln war kalt, als sie auf den Mann schaute, der schräg über dem gekippten Schrank lag, die Arme ausgestreckt hatte und heftig atmete. Er schüttelte auch ein paarmal den Kopf, schluckte und verdrehte dabei die Augen.

Jane blieb neben ihm stehen. Sie hatte den Schlag wohl dosiert. Peter Brandon sollte nicht bewußtlos werden, und das war ihr gelungen. Er hing in dieser Schräglage, bewegte klimpernd die Augendeckel, seine Hände zuckten, und er stöhnte.

»Wo ist sie?« fragte Jane.

»Wer?«

»Deine Frau.«

»Sie ist nicht mehr meine Frau. Sie ist . . .«

»Verändert, ich weiß.« Jane Collins lachte kalt. »Sogar sehr verändert, und das haben wir auch beabsichtigt.«

»Ihr . . . ihr . . .«

»Komm, rede nicht, sondern in die Höhe mit dir!«

»Nein, ich . . .«

Jane Collins machte kurzen Prozeß. Sie packte Brandon an den Schultern und wuchtete ihn von der umgekippten Garderobe herunter, wo er zu Boden fiel und erst einmal liegenblieb. Er atmete schwer, wollte in Richtung Tür kriechen, doch Jane stellte ihm ihren Fuß in den Weg.

»Laß es lieber!«

Da brach Brandon weinend zusammen. Er versenkte sein

Gesicht in die Hände, die Schultern zuckten, weil er heftig schluchzte, und er schüttelte dabei immer wieder den Kopf.

»Nur keine Müdigkeit vortäuschen«, gab ihm die ehemalige Detektivin zu verstehen. »Wir brauchen dich noch, Kleiner. Steh jetzt auf!«

Ihm blieb nichts anderes übrig, als dem Befehl Folge zu leisten. An der Wand stützte er sich ab. Vom Nacken bis zum letzten Wirbel hin hatte er ein taubes Gefühl im Rücken. Nachwirkungen des Treffers. Aber er konnte sich bewegen, und darauf kam es der Hexe schließlich an.

»Führ mich hin, Brandon!« Er hörte die Stimme hinter sich. Diese Frau wußte genau, was sie tat. Sie ließ sich so leicht nicht ins Bockshorn jagen.

Er ging vor. Seine Schritte waren schleppend. Der Weg durch die Diele kam ihm gleichzeitig lang und auch kurz vor. In Höhe der Küchentür verhielt er unmerklich seinen Schritt, aber Jane Collins hatte längst begriffen.

»Dahinter also?«

»Ja.«

»Geh hinein!«

Brandon hob die Schultern. Er zitterte, aber dieses Weib ließ ihm keine andere Wahl. Die Frau hinter ihm war auf jeden Fall die stärkere von beiden, das sah Brandon ein.

Er kam sich vor wie in einem schlechten Film, in dem er die Hauptrolle und die des Opfers spielen mußte. Die Tür schwang zurück, er schaute in den kleinen Raum, und er sah auch das Messer auf dem Tisch liegen.

Jetzt ärgerte er sich, daß er es nicht mitgenommen hatte. Mit der Waffe hätte er sich in einer wesentlich besseren Position befunden. So aber lag das Messer mindestens zwei große Schritte von ihm entfernt, wobei er die Distanz schon in Meilen maß, das Gefühl hatte er jedenfalls.

»Und wo ist sie?« hörte er hinter sich die Stimme.

Peter hob die Schultern. »Ich kann es nicht genau sagen«, erklärte er, »ehrlich nicht. Ich hatte sie gesehen ...«

»Und was soll das Messer?«

Es war nur eine Frage, aber Peter hatte das Gefühl, von einem Hieb getroffen zu werden, denn er zuckte zusammen, weil diese Frau einen schwachen Punkt bei ihm berührt hatte.

»Wolltest du sie damit töten?«

Es fiel ihm schwer, doch er sah ein, daß es keinen Zweck hatte zu lügen. Nicht bei dieser Frau hinter ihm. Deshalb nickte er, blieb ansonsten stumm.

Jane Collins lachte leise. »So also hast du es dir gedacht!« zischte sie. »Na ja, ich hätte es mir auch denken können. Du hast sie entdeckt und wolltest sie umbringen. Hast du es geschafft?« Die Stimme klang lauernd.

Peter hob die Schultern.

»Also nicht«, stellte Jane fest. »Wenn du es aber nicht geschafft hast, müßte sie noch hier irgendwo sein. Nicht wahr?«

»Ja ...«

»Dann ruf sie!«

»Nein, ich ...«

Er bekam einen Stoß, der ihn in das Zimmer hineinkatapultierte. Vielleicht zwei Sekunden befand er sich in Bewegung. Innerhalb dieser Zeitspanne entwickelte sich sein Widerstand, denn er bewegte sich genau auf den Tisch zu.

Dort lag das Messer!

Brandon fiel gegen die Kante, seine Augen wurden plötzlich groß, ein scharfer Atemzug drang aus seinem Mund. Wie die Kralle eines Raubtieres fiel seine rechte Hand nach unten, und die Finger umschlossen den Griff der Waffe.

Kaum hielt er das Messer fest, als er sich mit der linken

Hand auf der Tischplatte abstützte und herumfuhr. Die Klinge machte die Bewegung mit, sie schlug einen blitzenden Halbkreis, und dann stach der Mann seinen Arm vor.

Es war genau die Richtung, die er brauchte oder gebraucht hätte. Aber Jane Collins war keine Anfängerin. Wo sie zuvor noch gestanden hatte, da befand sie sich nicht mehr. Ihr war es durch eine gedankenschnelle Bewegung gelungen, auszuweichen, so daß die tödliche Messerklinge an ihrer Schulter vorbeifuhr.

Der Mann heulte auf vor Wut.

Und der Schrei verwandelte sich in einen Laut des Schmerzes, als Jane Collins zutrat. Ihre Fußspitze traf haargenau. Dicht über der Gürtelschnalle des Mannes fand sie ihr Ziel.

Brandon verlor seine Gesichtsfarbe. Er wurde weiß, ächzte und sackte langsam in die Knie.

Schwer fiel er zu Boden.

Sein Kopf bewegte sich dabei nach vorn. Das Messer hatte er losgelassen, denn er brauchte beide Hände, um sie vor die getroffene Stelle zu pressen.

Er holte stockend Luft, die Augen füllten sich mit Tränen, er hörte Janes Lachen, wobei er nicht sah, daß sie ihren Fuß abermals gehoben hatte und ihn kurz antippte.

Brandon kippte zur Seite. Als er den Fußboden berührte, da drehte er sich und blieb auf dem Rücken liegen. Die Augen hatte er weit aufgerissen, sein Gesicht war schmerzverzerrt, der Atem ging keuchend. Er schaute nach vorn und gleichzeitig nach oben.

Vor ihm stand Jane Collins. Breitbeinig hatte sie sich aufgebaut. Aus seiner Perspektive kam sie ihm vor wie ein weiblicher Riese, wobei die Beine unendlich lang wurden.

»Na?« lächelte sie.

»Was ... was willst du?«

»Wo ist sie?«

Peter Brandon brauchte keine Antwort mehr zu geben, denn zwischen Ofen und Spüle befand sich ein Spalt. Aus ihm ertönte das seltsame Zischen, das auch Peter schon vernommen hatte.

Sie war noch da!

Und sie kam.

Peter lag zwar auf dem Boden, er spürte auch die Schmerzen, doch sein Wahrnehmungsvermögen war nicht beeinträchtigt. Deshalb konnte er die Schlange erkennen, die sich aus dem Spalt wand und ihren Kopf bewegte.

Einen menschlichen Kopf.

Kalt rann es dem Mann den Rücken hinunter. Aus seiner Perspektive kam ihm dieses kleine Biest sehr groß vor, vor allen Dingen das Gesicht, und er dachte daran, daß er sie mit dem Messer zerteilt hatte.

Aber sie lebte. Der Hieb mit dem Messer hatte ihr nichts ausgemacht. So war dieses Wesen nicht zu töten.

Sie kam näher. Jetzt mußte sie auch von Jane Collins entdeckt worden sein, und der Mann hörte bereits die Stimme der Detektivin. »Da bist du ja, Cynthia!«

Eine Antwort bekam sie nicht. Auch kein Zischen drang aus dem menschlichen Mund der Schlange, sie war nur auf den Mann fixiert, der am Boden lag, zitterte und seinen Blick nicht von dieser unheimlichen Mutation abwenden konnte.

Die Schlange glich einem Wurm. Und genau so bewegte sie sich auch. Sie war überhaupt nicht zu hören. Sie glitt geschmeidig voran und bewegte sich dicht an einem Tischbein vorbei, wobei sie schon in unmittelbare Nähe des Mannes geriet.

Jane Collins lachte. Der Mann hörte danach ihre Stimme,

doch sie kam ihm vor, wie durch Watte gefiltert. »Du hast versucht, sie zu töten, das ist dir nicht gelungen, denn die Geschöpfe, die Kali und Wikka gemeinsam erschaffen haben, können nicht so einfach umgebracht werden. Aber ich weiß genau, daß sie sich rächen wird, denn du, Peter Brandon, bist das erste Opfer.«

Wie gelähmt lag der Mann am Boden. Er hatte die Worte wohl verstanden, wollte sie jedoch nicht begreifen, denn er konnte sich nicht vorstellen, daß sein Leben zu Ende sein sollte.

Getötet durch ein Schlangenwesen mit dem Kopf seiner Frau!

Das ging ihm nicht in den Sinn.

Wo die zweite Hälfte des Körpers lag, wußte er nicht. Es interessierte ihn auch nicht, er sah nur die Schlange, die sich auf dem glatten Boden näher schob, den Mund aufgerissen hatte und zusammen mit der gespaltenen Zunge ein böses Zischen ausstieß.

Ein Geräusch, das Peter in den Tod begleiten würde. Anders konnte er es sich nicht vorstellen.

Er hatte Angst.

Über seinen Rücken rieselte es kalt. Schreien wollte er, aber da war noch diese Jane Collins, und sie schien sein Vorhaben erraten zu haben, denn sie bückte sich, schob die rechte Hand mit dem Messer vor und stoppte erst dann, als sich die Spitze der Klinge dicht an seiner Kehle befand.

»Einen Ton, und ich schneide dir den Hals durch!«

Peter würgte vor lauter Angst. Zahlreiche Hände schienen seinen Körper umklammert zu haben. Sie drückten fest gegen ihn, die Augen hatte er weit aufgerissen, manchmal verwischte das schreckliche Bild der mutierten Schlange, dann sah er es wieder glasklar.

Schon hatte ihn die Schlange erreicht. Für einen Moment glaubte er, sie würde in sein Hosenbein kriechen, das erwies sich als Irrtum, die Schlange hatte etwas anderes vor.

Sie glitt auf sein linkes Bein, fand dort genügend Halt und schlängelte sich höher.

Peter Brandon stand Höllenqualen aus. Seine Lippen zitterten. Mit dem rechten Auge schielte er auf die breite Messerklinge, die drohend vor seinem Hals stand.

Der Blick seines linken Auges glitt über den Körper hinweg und war auf die allmählich näher kriechende Schlange mit dem Menschenkopf fixiert.

»Du bist unser erstes Versuchskaninchen!« hörte er Jane Collins flüstern. »Wir werden sehen, ob die Magie der Kali und die der Wikka Erfolg gehabt hat. In den nächsten Sekunden wird es sich zeigen. Behalte nur deinen Mund offen, Peter!«

Dieser letzte Satz hatte ihm gezeigt, was die anderen wollten. Die Schlange sollte durch den Mund in seinen Körper kriechen. Eine grauenhafte Vorstellung, und der Mann würgte vor Angst.

Auf der Brust fühlte er den Druck der kriechenden Schlange. Jetzt dauerte es nur noch Sekunden, bis sie seinen Hals und damit auch das Gesicht erreicht hatte.

Dann war sie da.

In diesem Augenblick schnappte Jane Collins zu. Mit der freien Hand bekam sie den Körper der Schlange zu fassen, drehte ihre Finger um den grün schillernden Leib, nahm sie hoch und stieß sie urplötzlich vor.

Der Kopf auf dem Schlangenkörper verschwand im weit aufgerissenen Mund des Mannes und füllte ihn völlig aus.

Ein letzter Kampf entbrannte. Peter Brandon zuckte. Er warf sich herum, fiel von einer Seite auf die andere, schlug mit den Händen auf den Boden und schaffte es dennoch nicht, einem schrecklichen Tod zu entgehen, denn die Schlange besaß nicht nur eine gespaltene Zunge, sondern auch Giftzähne, die sie in das Fleisch des Rachens hineinschlug.

Peter spürte den Biß.

Er war scharf wie ein Messerstich. Es folgte ein nahezu süßlicher Schmerz, der seinen gesamten Rachen ausfüllte und bereits ein Vorbote des Todes war.

Noch genau drei Sekunden ließ Jane Collins die Schlange im Mund des Mannes. Dann zog sie das mutierte Tier wieder hervor, schaute auf den Kopf und nickte zufrieden.

»Du hast deine Pflicht getan«, sagte sie und lächelte.

Die Augen in dem Menschenkopf starrten sie an. Sie wirkten wie dunkle Perlen, wobei die Zunge aus dem Mund hervorhuschte und auch in die Nähe von Jane Collins' Kinn geriet.

Die ehemalige Detektivin lächelte. »Deine Prüfung hast du bestanden, Cynthia. Du hast bewiesen, daß unsere gemeinsame Magie Früchte getragen hat und weiter tragen wird. Bald, meine kleine Cynthia, bald wird London uns gehören, darauf kannst du dich verlassen.«

Sie bekam auch eine Antwort. Der menschliche kleine Kopf der Schlange bewegte sich nickend, und Jane war sehr zufrieden.

Dann drehte sie sich um.

Ohne dem Toten auch nur einen Blick zu gönnen, verließ sie die Wohnung. Cynthia nahm sie mit...

*

Ich fuhr in Richtung Airport.

Der Motorway wand sich durch die glatte Ebene, die die Millionenstadt London umgibt. Es herrschte fast ruhiger Betrieb, und wenn ich nach vorn und gleichzeitig in die Höhe schaute, so konnte ich die landenden Maschinen bereits erkennen. Sie verloren stark an Höhe und erinnerten mich immer an riesige Zigarren mit ausgebreiteten Armen.

Mandra Korab hatte am Telefon nicht viel gesagt. Ich wußte eigentlich nur, daß es um die Todesgöttin Kali ging, die in Wikka eine Verbündete gefunden hatte. Nach Gemeinsamkeiten brauchte ich nicht lange zu suchen, denn die lagen klar auf der Hand. Wikka und Kali waren beide Dämonen.

Sie dienten dem Bösen, sie haßten die Menschen. Kali vielleicht noch stärker. Zudem war sie älter als Wikka. Sie wurde schon seit Tausenden von Jahren verehrt, denn sie gehörte zu den Urgöttern, die im alten Indien ihren Ursprung gehabt hatten.

Daß der Fall damals in Indien nicht unsere letzte Begegnung mit Göttin Kali gewesen war, hatte ich mir gedacht, und ich war sehr gespannt, welch eine Art Dienerschar sie in London mit Hilfe der Oberhexe Wikka aufgebaut hatte.

Es gab genügend Menschen, die im Dienste der Todesgöttin standen. Geheimnisvolle Sekten, die nichts anderes kannten, als ihr Opfer zu bringen.

Natürlich waren die Sekten verboten. In Indien ebenso wie in den anderen Staaten der Erde, aber man konnte sie nie ganz ausrotten. Sie formierten sich immer wieder neu. Wurde einer Sekte der Kopf abgeschlagen, so wuchsen sehr schnell neue nach.

Kali stellte für mich eine Art allumfassende Macht dar. Und das war schlimm. Ich schluckte ein paarmal, und mir wurde ein wenig unwohl, je weiter ich darüber nachdachte.

Dann aber passierte etwas, für das ich keine Erklärung fand. Innerhalb meines Wagens funkte es plötzlich, als hätte dort eine elektrische Entladung stattgefunden.

Ich sah zwei Blitze. Den einen schräg neben mir, über dem Sitz des Beifahrers, den anderen hinter mir. Den allerdings nahm ich nur im Innenspiegel wahr.

Sofort ging ich mit der Geschwindigkeit herunter und fuhr auf die linke Seite.

Vor mir tauchte das Heck eines Lastwagens auf. Ich war noch zu schnell und drückte intervallweise auf die Bremse. Dieses seltsame Blitzen hatte mich doch sehr beunruhigt. Vielleicht mehr, als ich zugeben wollte, und ich mußte der Sache auf den Grund gehen. Auf dieser Strecke konnte ich schlecht halten, deshalb wollte ich so lange fahren, bis ein Rastplatz erschien.

Dazu kam es nicht mehr.

Der Bentley fährt ziemlich ruhig. Man hört den Motor kaum, und als Geräusch war höchstens das Schmatzen der Reifen auf dem Asphalt zu vernehmen.

Deshalb fiel mir das Zischen hinter meinem Rücken auf!

Gas!

Das war mein erster Gedanke, der mich durchzuckte. Irgend jemand hatte mir, wie auch immer, Gas in den Wagen gelegt, das nun ausströmte und mich töten sollte.

Der Gedanke daran ließ mein Herz schneller schlagen. Er war verdammt schlimm, ich schüttelte mich, verringerte die Geschwindigkeit weiter und vernahm hinter mir ein aggressiv klingendes Hupen, das mich jedoch nicht weiter störte.

Im nächsten Augenblick wurde ich überholt. Der Fahrer in dem roten Ford schaute zu mir in den Wagen.

Auch ich drehte den Kopf, sah sein Gesicht, seinen vorwurfsvollen Blick, der sich noch in der selben Sekunde in

Entsetzen umwandelte, und das warnte mich wiederum.

Der Mann hatte etwas gesehen.

Und zwar in meinem Bentley.

Dann war der Wagen vorbei, aber das Zischen hörte ich verdammt nah. Zu nahe für meinen Geschmack und dicht an meinem rechten Ohr.

Da ich ziemlich langsam fuhr und die Distanz zu dem vor mir rollenden LKW ziemlich groß war, riskierte ich es und drehte den Kopf genau in die rechte Richtung.

Ein kleiner Kopf hockte auf der Rückenlehne. Ich schaute tiefer und sah jetzt den Schlangenkörper.

Das weit aufgerissene kleine Maul mit der hervorgleitenden Zunge ließ mich zusammenzucken.

Das war ein Mordanschlag! Eine brandgefährliche, dämonische Attacke, der ich nur entgehen konnte, wenn ich schnell reagierte und viel Glück hatte.

Ich warf mich nach links. Gleichzeitig bremste ich, ließ das Steuer jedoch nicht los, verriß es ein wenig, und der Bentley geriet von der Spur.

Er kam in die gefährliche Nähe des Überholstreifens. Das sah ich nicht, aber ich hörte das Hupen anderer Wagen, sah den Widerschein aufgeblendeter Scheinwerfer im Innern des Bentley und mußte nach links lenken, um eine Katastrophe zu verhindern.

Da war leider die Leitplanke, und das wußte ich auch. Aber besser gegen sie zu fahren, als der Verursacher eines Massenunfalls zu sein.

Schon bekam der Wagen den ersten Schlag. Mit dem Kotflügel hatte ich die Leitplanke berührt, wurde zurückgeworfen, bremste, tauchte auf aus der Versenkung, hielt das Lenkrad nur mit einer Hand und fegte mit der anderen die Schlange weg.

Ein häßliches Geräusch traf meine Ohren, als der Wagen mit seiner Breitseite an der Leitplanke entlangrutschte, ein paarmal wie ein störrischer Esel bockte und schließlich zur Ruhe kam.

Endlich!

Dafür hörte ich das Zischen.

Ich hob meinen Blick, denn ich befand mich noch immer in einer geduckten Haltung und schaute genau auf den Kopf der Schlange.

Es war tatsächlich ein Menschenkopf. Und zwar der einer Frau. Ich hatte mich also nicht getäuscht.

Aus dem Nichts war diese Schlange entstanden. Ich erinnerte mich deutlich an das zweimalige Blitzen, das ich vor kurzem gesehen hatte.

Zweimal?

Verdammt, da war sicherlich nicht nur eine Schlange in meiner Nähe, sondern auch eine zweite.

Jetzt wurde es gefährlich.

Ich zog mich bis zur Tür zurück, aber die Schlange folgte mir. Sie war verdammt schnell. Das Gesicht gehört einer schon älteren Frau mit grauen Haaren und scharf geschnittenen Zügen.

Bösartigkeit und Mordlust las ich in den Augen.

Da griff sie an.

Sie schnellte sich ab, wollte im Bogen auf mich zufliegen, um mir ihre wahrscheinlich giftigen Zähne in die Wange oder den Hals zu hacken.

Ich bewegte mich zur Seite. Sie verfehlte mein Gesicht, traf dafür die Schulter, und ich, eingeklemmt zwischen Steuer und Sitz, bekam sie trotzdem zu packen und wuchtete den Schädel gegen den Lenkradring.

Ein seltsamer Laut drang aus dem Mund, dann schleuderte

ich die Schlange über die Vordersitze in den Fond, drehte mich und fand den Türhebel.

Der Wagenschlag schwang auf.

Ich stieg nicht aus dem Bentley, sondern fiel heraus, landete dicht neben der Leitplanke auf dem Asphalt, rollte mich noch einmal herum und kam auf die Füße.

Ich wollte in den Wagen, wurde jedoch abgelenkt, denn ein hilfsbereiter Autofahrer hatte seine Geschwindigkeit gesenkt und rollte gemächlich herbei, um hinter dem Bentley zu stoppen und mir seine Hilfe anzubieten.

Als er die Tür aufstieß, stand ich schon neben dem Wagen.

»Fahren Sie weiter!« schrie ich ihn an. »Beeilen Sie sich, fahren Sie los!«

Der Mann schaute mich an, als hätte er einen Verrückten vor sich. Wahrscheinlich verstand er die Welt nicht mehr. Er wollte etwas erwidern, als er jedoch mein Gesicht sah, ließ er es bleiben, und ich half ihm dabei mit, die Tür zuzuschlagen.

»Undankbarer Kerl!« hörte ich ihn noch in seinem Wagen brüllen, dann gab er Gas.

Mir fiel ein Stein vom Herzen. Es hatte mir selbst leid getan, diesen hilfsbereiten Menschen so anzupflaumen, aber er hatte mir keine andere Wahl gelassen, wenn ich ihn nicht in Lebensgefahr bringen wollte. Diese kleinen Schlangen mit den Menschenköpfen waren mörderische, brandgefährliche, dämonische Kreaturen, die nur darauf bedacht waren, zu töten.

Und zwar mich!

Also wußte die Gegenseite schon Bescheid. Wikka hatte bereits ihre Fühler ausgestreckt. Und natürlich Kali, die Todesgöttin.

Ich rannte wieder zurück. Es waren nur wenige Schritte. Während die anderen Fahrzeuge an meinem Bentley vorbeihuschten, kümmerte ich mich um meinen Wagen.

Die Fahrertür stand noch immer offen. Mein Blick wurde durch nichts gebremst. Im ersten Augenblick entdeckte ich keine Schlange. Sie waren so klein, daß sie sich gut verstecken konnten.

Welche Waffe sollte ich nehmen?

Schießen wollte ich nicht. Ich überlegte, ob mir das Kreuz helfen konnte.

Sicherlich. Das Kreuz und auch der Dolch. Mit beiden Waffen mußte ich der Gefahr Herr werden.

Rasch hatte ich das Kreuz hervorgeholt und konnte erkennen, daß es an einer bestimmten Stelle aufleuchtete.

Das war eine Überraschung.

Inzwischen hatte ich fast alle Geheimnisse erfahren, die sich um die Existenz meines Kreuzes rankten, und ich sah auf der rechten Seite ein schwaches Aufleuchten.

Es war die mystische Silbe AUM.

Das heilige und feierlichste Symbol aller Wörter Indiens. Dieses Wort stand am Beginn aller heiligen Schriften und ihrer Gebete, die die Inder sprachen. Das Wort war zusammengesetzt aus den Anfangsbuchstaben der drei Götter Agni, Varuna und Marut. Gleichzeitig erinnerte diese Silbe an die drei Elemente Feuer, Wasser und Luft. Sie auszusprechen, hatte ich bisher nicht gewagt, denn kein Unreiner – das war ich im indischen Sinne – durfte diese Silbe je rufen. Ich durfte sie nicht aussprechen, stand aber unter ihrem Schutz, denn auch sie konnte die Göttin Kali vernichten.

Und jetzt strahlte die Silbe.

Für mich war es der Beweis, es mit der indischen Mythologie zu tun zu haben, also hatte sich Kali schon längst auf die neue Magie eingestellt, und ich befand mich inmitten dieses Kreislaufs.

Angst verspürte ich nicht mehr, nur eine gewisse Neugierde, wie die Schlangen wohl reagieren würden, wenn sie mit dieser heiligen, jetzt aktivierten Silbe konfrontiert wurden.

Das war wirklich interessant.

Ich holte tief Luft. Meine Augen glänzten. So etwas wie Fieber hatte mich gepackt und schüttelte meinen Körper. Vorsichtig bewegte ich die Arme und beugte mich tiefer in den Wagen hinein. Ich suchte die verdammten Schlangen, um sie zu vernichten, aber ich fand sie nicht.

Dafür hörte ich ihr Zischen.

Diesmal nicht so aggressiv, irgendwie hatte ich das Gefühl, ein ängstliches Geräusch zu vernehmen, die Magie der heiligen Silbe erzielte schon Wirkung.

Vorn hielten sich die Schlangen mit den Menschenköpfen nicht mehr auf. Blieb der Fond.

Um in ihn hineinschauen zu können, mußte ich die Seitentüren öffnen. Allerdings nur eine, denn ich wollte nicht auf die Fahrbahnseite laufen und dort die Tür aufziehen.

Rasch öffnete ich sie und hielt den Griff noch in der Hand, als mir die Schlange mit dem Menschenkopf entgegensprang.

Ich nahm nicht mein Kreuz, um sie zu töten, sondern wuchtete in einer Reflexbewegung die Tür zu, so daß das mutierte Tier nicht nach draußen konnte, sondern vor die Innenverkleidung der Tür sprang. Dort hackte sie wahrscheinlich ihre Zähne hinein und spritzte ihr Gift ab.

Ich ließ die Tür selbstverständlich nicht zu, sondern riß sie wieder auf, denn ich wollte die Schlange.

Sie kam.

Aber auch das Kreuz reagierte.

Das mutierte Tier brauchte ich mit dem Kruzifix nicht

einmal zu berühren. Das Kreuz reagierte schon, als es sich bereits in der Nähe seines Gegners befand.

Die heilige Silbe wurde zur tödlichen Waffe.

Für einen Moment strahlte sie in einem hellen, blitzenden und gleichzeitig sattem Grün auf, dann fuhr sie in den Schlangenkörper hinein und zerstörte ihn in Sekundenschnelle. Das Zischen kam mir bösartig vor, als der Schlangenkörper vernichtet wurde und nur ein Häufchen Asche auf meinem Rücksitz zurückblieb.

Das war alles ...

Ich atmete tief aus. Froh war ich nicht über die Vernichtung der Schlange, denn mir war klargeworden, daß nun auch ein Mensch endgültig verloren war.

Blieb noch die zweite.

Ich beugte mich weiter in den Fond hinein, hielt das Kreuz in der Rechten, das mir in diesem Augenblick vorkam wie ein Geigerzähler, denn es sollte die Schlange aufspüren. Zwar reagierte es nicht wie der Geigerzähler auf Radioaktivität, sondern auf Schwarze Magie.

Geschickt hatte sie es angestellt und ihren verräterischen Körper unter einem Erste-Hilfe-Kissen versteckt. Nur der Kopf schaute hervor. Ein noch junges Gesicht, und als ich es sah, da durchzuckte es mich, denn ich wollte das Gesicht nicht zerstören.

Wir schauten uns an.

Das Kreuz tat es. Es machte keine Unterschiede. Für die heilige Silbe war auch dieses Gesicht das Böse.

Und es zerstörte.

Es war eine unheimliche Kraft, die aus ihr strömte, sich der Schlange bemächtigte und sie innerhalb von einer Sekunde vernichtete, so daß nur noch Staub zurückblieb.

Ich holte tief Luft, warf wieder einen Blick auf das Kreuz

und sah, daß es völlig normal geworden war. Nichts deutete mehr darauf hin, daß es in den letzten Sekunden nahezu explodiert war. Das meine ich natürlich im magischen Sinne.

Ich kroch wieder aus dem Wagen. Zwei Schlangen hatten ihren Tod gefunden, aber auch zwei Menschen, denn diese Köpfe waren echt gewesen und keine Nachbildungen.

Neben dem Bentley blieb ich stehen und zündete mir eine Zigarette an. Zweimal blies der Wind die Flamme aus, beim drittenmal gelang es mir, die Zigarette in Brand zu setzen.

Ich rauchte, und nur allmählich beruhigten sich meine Nerven wieder. Es war ein Schock gewesen. Dieser plötzliche Angriff der Schlangen hatte mir schwer zu schaffen gemacht. Und nur mit viel Glück war ich ihm entgangen.

Dann schaute ich mir meinen Wagen an. Er stand schräg zur Leitplanke. Der linke Kotflügel berührte die Planke noch. Er war so eingedrückt, daß er auch den Reifen in Mitleidenschaft gezogen hatte. Die Seite sah auch nicht gut aus. Da war der Lack abgeschrammt, einige Beulen hatte das Fahrzeug abbekommen und es würde eine Stange Geld kosten, dies wieder in Ordnung zu bringen.

Ich hob die Schultern, trat meine Zigarette aus und warf einen Blick auf die Uhr. Es war verdammt spät geworden. Auch wenn ich gefahren wäre, hätte ich es bis zur Landung der Maschine nicht geschaft. Mandra Korab würde sich wundern, wenn ich nicht da war.

Ich wollte gerade in den Bentley steigen und zum Telefon greifen, als ich einen Polizeiwagen sah. Er blinkte, kam auf die linke Seite und stoppte dicht hinter dem Silbergrauen.

Zwei Beamte stiegen aus. Ihren Gesichtern entnahm ich, daß sie nichts Gutes mit mir vorhatten.

Schweigend kamen sie näher, blieben vor mir stehen und nickten. »Schöne Bescherung«, meinte der eine.

»Wohl zu schnell gefahren, wie?« erkundigte sich der andere.

»Wird Sie einiges kosten, Mister. Sie haben die Leitplanke beschädigt, Ihr Wagen sieht auch nicht gut aus, und wir möchten Sie gern einmal untersuchen lassen, ob Sie Alkohol getrunken haben.«

»Sind Sie fertig?« fragte ich.

»Erst einmal ja.«

»Gut, dann schauen Sie sich das an.« Ich griff in die Tasche und holte meinen Ausweis hervor. »Betrunken bin ich nicht, und den Unfall habe ich auch nicht verschuldet. Da sind Dinge ins Spiel gekommen, die ich Ihnen leider nicht erklären kann, höchstens Ihrem Chef.«

Sie wurden blaß und danach rot. »Jawohl, Sir«, stotterten sie beide gleichzeitig.

»Und da wäre noch etwas«, sagte ich. »Wenn ich Sie so anschaue, kann ich verstehen, daß manche Menschen auf Polizeibeamte nicht gut zu sprechen sind. Ein wenig mehr Höflichkeit stünde Ihnen besser zu Gesicht, Gentlemen.«

Sie senkten die roten Köpfe. Ich kümmerte mich nicht mehr um sie, sondern tauchte in den Wagen und nahm den Hörer des Telefons ab. Rasch tippte ich die Nummer meines Büros. Suko hatte ich sofort an der Strippe.

»Ist Mandra gut gelandet?« fragte mich der Inspektor.

»Kann ich dir nicht sagen. Alter. Ich liege nämlich fest.«

»Unfall?«

»So ungefähr.«

»Mensch, John. Was ist denn passiert?«

Ich berichtete es ihm. Suko zeigte sich sehr erschreckt, gleichzeitig besorgt, so hatte er ebenso wie ich eine Ahnung von dem, was auf uns zukommen würde.

»Was willst du denn jetzt machen?« fragte Suko.

»Setz du dich mit dem Flughafen in Verbindung und laß Mandra aufrufen. Er soll beim Yard anrufen. Ich komme so einfach nicht hier weg.«

»Wo treffen wir uns?«

»Im Büro.«

»Geht klar, John.«

Als die Verbindung unterbrochen war und ich wieder aus dem Fahrzeug kletterte, standen die beiden Polizisten noch immer da. Verlegen schauten sie mich an.

»Ist was?« fragte ich.

»Sir, ähm . . . können wir vielleicht etwas für Sie tun?«

»Natürlich, Gentlemen, ganz sicher sogar. Sie können mithelfen, den Wagen wieder fahrtüchtig zu machen. Beulen Sie den Kotflügel provisorisch aus. Ich möchte mich nämlich so ungern abschleppen lassen.«

»Selbstverständlich, Sir.« Sie machten sich an die Arbeit. Ich aber schaute in Richtung Flughafen. Aus südwestlicher Richtung schwebte ein Metallvogel herbei.

Wahrscheinlich war das die Maschine, in der auch Mandra Korab saß. Er würde sich wundern, was ihn in London erwartete . . .

*

Unter Europäern fiel der Inder Mandra Korab sowieso auf, weil er eine dunkle Hautfarbe besaß und als Kopfbedeckung zumeist einen sorgfältig gewickelten Turban trug, wenn er auch ansonsten die westliche Kleidung bevorzugte.

Von den meisten seiner Landsleute stach er deshalb ab.

Mandra Korab war hochgewachsen, besaß breite Schultern und schmale Hüften. Ein Modellathlet.

Mandra Korab konnte sich im Dschungel ebenso gut

und sicher bewegen wie in den Foyers internationaler Luxus-Hotels. Er war ein glänzender Gesellschafter, ein blendender Unterhalter, aber andererseits auch ein gnadenloser Kämpfer, wenn es darum ging, das Recht und das Gute zu verteidigen.

Noch etwas kam hinzu.

Man konnte ihn als eingeschworenen Feind der Dämonen bezeichnen. Er war ein Dämonenjäger, ein Geisterjäger, ein Kollege.

Die beiden sahen sich nicht sehr oft. Aber wenn sie zusammentrafen, dann war es bisher immer hart zur Sache gegangen, und Mandra ahnte, daß auch sein Besuch in London kein Spaziergang werden würde.

Begonnen hatte es in Indien. Und zwar in einem Schlangentempel, wo die Schlangen als Götter angebetet wurden. Es waren Erzählungen, die von Mund zu Mund gingen; sie berichteten von einem unheimliches Zauber. Mandra erfuhr davon, und er glaubte, seinen Ohren nicht trauen zu können, als er hörte, was sich innerhalb dieses Tempels alles tat.

Menschen gingen hin und kehrten nicht zurück. Man sprach davon, daß sie zu Schlangen werden würden, um so weiterzuleben.

Auch Mandra Korab besuchte den Tempel. Er fand ihn nicht mehr. Irgend etwas hatte ihn zerstört, aber nicht alle Reste auseinandergetrieben, denn ein Monstrum war noch zurückgeblieben.

Tatsächlich eine Schlange mit dem Kopf einer Frau. Einer europäischen Frau. Von ihr erfuhr der Inder, was sich in dem Tempel ereignet hatte und sich nun in London wiederholen sollte, wo der Kali-Kult eine Erneuerung erlebte. Diesmal jedoch anders, denn es hatte sich eine Person eingemischt, die auf den Namen Wikka hörte.

Indien und London.

Schon wieder diese Verbindung, die eigentlich kein Zufall war, sondern ihren Grund in der Vergangenheit des Empire fand. Indien war einmal eine Kolonie der Briten gewesen. An diesem Erbe hatte sie noch in der Gegenwart schwer zu tragen.

Da brauchte man nur an die Tongs, die klassischen Geheimbünde, zu denken, die in London hin und wieder aufstanden und erst wahrgenommen wurden, nachdem es die ersten Toten gegeben hatte. Die Opfer waren nach einem grausamen Tong-Ritual umgebracht worden. Dabei spielte es keine Rolle, ob es Männer oder Frauen waren.

Das alles wußte auch Mandra Korab. Er hatte zudem genügend mit diesen Sekten zu tun gehabt. Er hatte sie bekämpft, er war gegen sie angegangen, aber er hatte sie nie auslöschen können.

Und in London schien sich ein ähnliches Krebsgeschwür festgesetzt zu haben, nur daß dieses Krebsgeschwür dämonischer Natur war und allmählich aufplatzte.

Mandra Korab hatte eine lange Reise hinter sich. Wie immer trug er seinen Turban, einen maßgeschneiderten Anzug von westlichem Schnitt, ein weißes Hemd dazu und eine dezent gemusterte Krawatte. Man sah ihm die Strapazen der langen Flugreise nicht an, er hatte sich ausgezeichnet unter Kontrolle und konnte sich auch gut beherrschen.

London kam in Sicht und damit die Aufforderung, sich anzuschnallen und das Rauchen einzustellen.

Es war eine glatte Sache. Der gewaltige silbrige Vogel der Air India schwebte langsam tiefer, und er schien so lautlos zu gleiten wie ein Segelflugzeug. Ein sanftes Rucken beim Berühren der Landebahn, das unmerkliche Zittern der Tragflächen, dann rollte der Jet allmählich aus.

Die Passagiere atmeten auf. Man wünschte noch einen angenehmen Aufenthalt in London und verabschiedete die Fluggäste.

Die Stewardeß schenkte Mandra ein Lächeln, das er zurückgab, dann war er im ausfahrbaren Passagiertunnel verschwunden, der Flugzeug und Halle miteinander verband.

Es war ausgemacht, daß John Sinclair ihn abholte. Mandra freute sich auf das Wiedersehen mit dem Geisterjägerkollegen. Die beiden hatten sich sehr lange nicht gesehen, und auch die anderen Freunde des John Sinclair gehörten dazu.

Mandra Korab steckte voller Erwartung. Trotz des Falls, der auf die Freunde noch wartete.

Doch den schob er vorerst zurück.

Die Paß- und Zollkontrollen liefen ohne Schwierigkeiten über die Bühne. Der Flughafen war eine Großstadt für sich. Man mußte schon sehr achtgeben, um sich zurechtzufinden.

Ständig hallten die Lautsprecherstimmen durch die Hallen. Es erklangen auch Gongschläge, die ankündigten, daß eine Maschine aufgerufen wurde.

Mandra Korab lauschte den soft klingenden Stimmen. Er und John Sinclair hatten nämlich ausgemacht, daß der Mann aus Indien aufgerufen werden sollte.

Das geschah.

Plötzlich hörte er seinen Namen durch die Halle schwingen. Mandra blieb sofort stehen, lauschte und erfuhr, daß er sich zum Schalter der Air India begeben möge.

Dies war leicht zu finden, denn die einzelnen Fluggesellschaften hatten ihre Hinweisschilder überall aufgebaut. Es dauerte nur wenige Minuten, da hatte Mandra den Schalter erreicht.

Von John Sinclair war nichts zu sehen.

Überrascht blieb Mandra Korab stehen. Er legte die Stirn in Falten, und wandte sich nach links, dem Schalter zu, wo eine Landsmännin von ihm bediente.

Als er ihr freundliches Lächeln sah, stellte er sich vor und erklärte auch, daß er aufgerufen worden sei. »Das stimmt«, gab die Landsmännin in einem lupenreinen Englisch zurück. »Sie sind von einer Dame aufgerufen worden. Das heißt, eine junge Dame hat um die Ausrufung gebeten.«

»Den Namen hat sie nicht genannt?«

»Nein.«

»Wer kann das denn nur gewesen sein?« murmelte Mandra Korab mehr zu sich selbst gewandt.

»Ich«, sagte plötzlich jemand hinter ihm.

Mandra Korab drehte sich um und sah eine blondhaarige Frau in kurzer Pelzjacke vor sich. Selbst Mandra Korab zeigte sich verwirrt, und so etwas kam bei ihm wahrscheinlich nicht oft vor, aber in diesen Augenblicken hatte es ihn tatsächlich erwischt.

»Jane, du?«

Die ehemalige Detektivin lachte. »Warum nicht? Paßt dir mein Besuch nicht?«

»Wie kannst du nur so etwas sagen? Ich bin nur überrascht, weil man mir nichts davon gesagt hat. Ich erwartete nämlich John Sinclair.«

»Der leider verhindert ist.«

»Und der dich geschickt hat.«

»Genau.«

Mandra Korab konnte es noch immer nicht fassen. Er schaute auf Jane, die abwartend dastand, lächelte und ihn gleichzeitig beobachtete. Sie war topmodisch angezogen, sah auch aus wie immer und machte trotzdem einen anderen Eindruck.

Eine Erklärung wußte der Inder nicht. Er hatte einfach das Gefühl, aber darauf wollte er jetzt nicht viel geben, für ihn war einzig und allein die Tatsache wichtig, daß er sich endlich in London befand. Und wenn es vorerst nur am Flughafen war.

Die beiden hatten sich zudem lange Zeit nicht mehr gesehen. Vielleicht war deshalb das Fremde entstanden, das zwischen ihnen stand und erst weggebügelt werden mußte.

»Du bist allein gekommen, nicht wahr?«

»Nein, eine Freundin hat mich gefahren.«

Mandra Korab stutzte. »Weshalb die Umstände?«

»Für dich tun wir doch alles.«

Der Inder lachte und legte einen Arm um Janes Schultern. »Ich danke dir, aber jetzt mußt du erzählen, wie es John Sinclair geht. Sicherlich brütet er wieder über einem Fall.«

Jane Collins hob die Schultern. Der Inder merkte nicht, daß die ehemalige Detektivin von dieser Frage unangenehm berührt worden war. Aber sie fand sich sehr schnell zurecht. »Du weißt ja, mit John ist kaum zu reden. Er hat wirklich immens viel zu tun.«

»Die Dämonen lassen ihm keine Ruhe. Sind es immer noch die alten Gegner?«

»Da hat sich inzwischen einiges geändert. Es gibt keinen Dr. Tod mehr.«

»Ja, das hörte ich.«

»John hat ihn erwischt.«

»Das wurde auch Zeit«, erwiderte Mandra Korab. »Der hat ihm schließlich genug Ärger bereitet.«

»Da sagst du was.«

»Und die anderen?«

»Lady X hat die Führung der Mordliga übernommen.«

»Das wußte ich noch nicht.« Mandra lächelte überrascht. »Von Solo Morassos Ableben habe ich erfahren, aber das andere ...« Er redete noch weiter, Jane Collins hörte nicht hin. Ihre Gedanken gingen auf Wanderschaft, und sie bekam zudem einen nicht gelinden Schrecken.

Daß sie Mandra Korab abgeholt hatte, barg ein sehr großes Risiko für sie. Sie hatte es auf Wikkas Befehl hin getan. Die Chancen standen 50 zu 50, daß John Sinclair dem Inder von Janes Seitenwechsel berichtet hatte. Er schien es nicht getan zu haben, denn Mandra hätte sich sonst anders verhalten. So glaubte er noch immer, daß Jane auf John Sinclairs Seite stand. Zudem war es für den Geisterjäger nicht angenehm, über solch gravierende Niederlagen zu berichten.

Wikka hatte sich also nicht verkalkuliert, und die erste Hürde war von Jane Collins glatt genommen worden.

Andere jedoch lagen noch vor ihr.

Sie dachte an die Fahrt. Am Steuer würde Wikka sitzen, und auf der Reise sollte der Inder überrascht und fertiggemacht werden. Die wohlgefüllte Spritze mit dem Gift befand sich in Janes rechter Seitentasche.

»Das ist hier wirklich ein Irrgarten«, stöhnte der Inder, als sie durch die große Halle schritten. »Sollen wir nicht noch lieber einen Kaffee trinken?«

»Nein. John hat mich extra gebeten, dich so rasch wie möglich ins Büro zu bringen.«

»Der hat auch keine Ruhe.«

Jane lachte. »Er ist eben kein Orientale.«

»Da sagst du etwas.«

Mandra Korab hatte seinen Mantel nicht übergezogen, sondern nur auf den Arm gelegt. Als sie die Halle verließen und draußen vor ihr stehenblieben, spürte er die trockene Kälte.

»Warum habt ihr es nicht wärmer?«

Jane deutete zum Himmel. »So klar wie der jetzt noch aussieht, täuscht er. Warte mal einige Stunden ab. Dann sind die Temperaturen mindestens um zehn Grad gestiegen. Es gibt einen Wetterumschwung, und das kann bei uns sehr schnell gehen.«

»Gut, ich glaube dir. Und wo steht euer Wagen?«

Jane deutete nach rechts. »Wir haben Glück gehabt und vor den Taxiständen noch ein Plätzchen bekommen. Es sind nur wenige Schritte.«

Die waren es in der Tat. Als sie den Platz erreichten, deutete Jane Collins auf einen schwarzen Rover, der schon in Fahrtrichtung zur Ausfahrt stand. Der Wagen hatte getönte Scheiben, hinter denen der Inder undeutlich die Gestalt einer Frau erkennen konnte.

»Ist das deine Freundin?«

»Ja.«

»Kennt ihr euch schon lange?«

»Einige Jährchen. Wir haben uns zufällig wiedergetroffen, weißt du.«

Vor dem Kofferraum blieb die ehemalige Detektivin stehen und schloß den Deckel auf. »Du kannst dein Gepäck hineinlegen.«

»Nur den großen Koffer.«

Jane schaute aus ihrer gebückten Haltung zu dem Inder hoch. »Warum nicht auch den kleinen?«

»Es geht mir da wie John Sinclair. Ich behalte meine Waffen lieber bei mir.«

Jane schloß den Deckel. »Welche Waffen?«

»Das erzähle ich dir später.«

»Worum geht es überhaupt?« erkundigte sich die ehemalige Detektivin. »John hat mir nichts erzählt.«

»Es wird eine harte Sache, das kann ich dir sagen. Hoffentlich bist du aus dem Schneider.«

»Wieso?«

»Ich sage nur ein Wort: Kali.«

Jane tat, als würde sie heftig erschrecken. »Die Todesgöttin, die schon einmal . . .«

»Genau die.«

»Das ist allerdings hart.«

»Zudem ist sie nicht allein. Sie scheint sich mit einer anderen Dämonin verbündet zu haben.«

»Und wer ist das?«

»Hast du schon jemals den Namen Wikka gehört?« Mandra war stehengeblieben und schaute die ehemalige Detektivin über das Dach des Rover fragend an.

»Ja, Wikka kenne ich.«

»Und?«

»Sie ist eine Hexe. Es gibt Wikka-Kulte, die sollen ziemlich gefährlich sein.«

»Ja, und dann stell dir vor, was es gibt, wenn Kali und Wikka sich miteinander verbünden.«

Das kann ich mir vorstellen, du Idiot! dachte Jane Collins. Und zwar sehr gut sogar. Aber du wirst dich wundern, mein Junge. Wir sind noch gefährlicher, als du denkst. »Komm, laß uns einsteigen!« Jane lächelte wieder, doch in ihren Augen lag dabei schon ein gieriges Funkeln.

Beide stiegen in den Fond. Mandra Korab wunderte sich zwar darüber, er nahm es jedoch gelassen hin, zudem war ihm die Gesellschaft der Jane Collins sehr angenehm.

Ohne sich vorgestellt zu haben, startete die Fahrerin den Motor und gab sofort Gas. Da sie an einer Parkuhr gehalten hatte, brauchte sie an der Ausfahrt, wo das Kassenhäuschen stand, nichts zu zahlen und konnte passieren.

»Ist deine Freundin immer so schweigsam?« erkundigte sich Mandra nach einer Weile.

»Nein.«

»Warum redet sie nichts?«

»Das hat einen Grund«, erwiderte Jane.

»Und welchen?« Mandra war noch immer ahnungslos.

»Diesen«, gab Jane Collins scharf zurück, drehte sich und ließ den Inder in die Mündung einer Pistole schauen.

*

Mandra Korab war wie vor den Kopf geschlagen. Er schaute auf die dunkle Waffe, hob den Blick und sah Jane ins Gesicht. Was er dort erkannte, ließ selbst ihn schaudern. Eine nahezu tödliche Entschlossenheit las er darin, und in den Augen einen gewissen Mordwillen.

Das war kein Spaß mehr, sondern tödlicher Ernst. Der Inder begriff es in den nächsten Sekunden.

Trotzdem hielt er sich gut. Er traute sich zu, mit Jane Collins fertig zu werden und schüttelte nur seinen Kopf.

»Was soll das alles?« fragte er.

»Kannst du dir das nicht denken? Ich stehe nicht mehr auf der Seite deines Freundes.«

»Auf welcher denn?«

»Ich gehöre zu Wikka.«

Nur ein Zucken der Wangenmuskeln verriet, wie überrascht Mandra Korab von diesem Geständnis war. Er fragte nicht einmal nach den Gründen, sondern schaute Jane nur an.

Die lächelte kalt. »Hast du es nicht bemerkt, Inder?«

»Ja und nein«, erwiderte Mandra. »Ich fand dich ein wenig seltsam, aber ich schob es auf die lange Zeit, in der wir uns nicht gesehen hatten. Jetzt allerdings denke ich anders darüber.«

»Für dich ist es zu spät.«

»Nun, das lasse ich einmal dahingestellt sein. Mich würde nur interessieren, woher du wußtest, daß ich heute auf dem Flughafen eintreffe.«

»Man hat so seine Beziehungen. Und wer sich mit Kali oder Wikka verbündet hat, für den ist einiges möglich, was für andere unmöglich ist, mein Lieber.«

»Jane!« Zum erstenmal meldete sich die Fahrerin. »Du sollst nicht so viel reden, sondern handeln.«

»Gern«, erwiderte die ehemalige Detektivin. »Dreh dich um, Inder!«

»Willst du mir in den Rücken schießen?«

Jane gab keine Antwort. Sie rammte allerdings ihren freien Arm vor.

Und in der Hand hielt sie eine Spritze.

Im Fond war es zu eng. Mandra Korab kam einfach nicht weg. Zudem schaute er noch immer in die Mündung der Waffe. Die Nadel aber durchdrang mühelos die Kleidung, und die Spitze stieß hart in die Haut des Mannes.

Es war ein besonderes Gift, das innerhalb von Sekunden den Körper lähmte.

Mandra bekam noch seinen Arm hoch. Doch mitten in der Bewegung erstarrte die Hand. Nicht nur sie, der gesamte Mensch schien zu einem Denkmal zu werden. Er konnte sich nicht mehr bewegen, die Augen weiteten sich, während die Pupillen seltsamerweise immer kleiner wurden.

Jane beobachtete ihn gespannt. Die Spritze hatte sie zurückgezogen. Der kleine Zylinder aus Kunststoff war jetzt leer. Nur noch ein winziger Tropfen hing an der Nadel.

Sie rauschten über den Zubringer zum Motorway. Wikka fuhr sehr schnell. Andere Fahrzeuge wurden überholt. Wie Schemen huschten sie vorbei.

»Klappt es?« Das war Wikkas Stimme.

»Ja«, erwiderte Jane. »Er kann sich bereits nicht mehr rühren, der Gute.«

»Dann bricht er bald zusammen.«

»Was ist das eigentlich für ein Zeug, das in der Spritze war?«

»Ein Hexengift!« Wikka kicherte hohl.

»Jetzt ist es aus!« rief Jane und lachte ebenfalls. »Er sackt allmählich zusammen.«

In der Tat konnte sich Mandra Korab nicht mehr halten. Er kippte Jane Collins entgegen, die ihren Arm ausstreckte und ihn zur Seite drückte, damit der Bewußtlose nicht gegen sie fiel.

»Das hätten wir!« kommentierte sie zu Wikka gewandt, die zufrieden nickte und ebenfalls ihren Kommentar dazugab.

»Er wird sein Heimatland nicht mehr wiedersehen«, versprach sie mit finsterer Stimme ...

*

»Wo steckt Mandra?« fragte ich Suko, als ich unser gemeinsames Büro betrat.

»Keine Ahnung.«

Ich stoppte, noch bevor ich meinen Schreibtisch erreicht hatte. »Wieso keine Ahnung? Er müßte doch längst hier sein.«

»Das sehe ich auch so.«

Ich hockte mich auf den Stuhl und funkelte Suko an. »Himmel, ich war lange genug unterwegs und bin froh, daß mein Wagen fahrbereit ist. Aufregungen genug, und jetzt kommst du mit deiner Bierruhe und erzählst mir ...«

»Ich kann dir nur das sagen, John, was tatsächlich geschehen ist.« Suko hob die Schultern. »Mandra Korab hat sich hier nicht blicken lassen. Obwohl ich deinen Auftrag ausgeführt habe.«

»Du hast am Flughafen angerufen!«

»Natürlich.«

Ich schüttelte den Kopf. »Verdammt, das verstehe ich nicht. Das will in meinen Schädel nicht rein.« Ich schaute Suko direkt an. »Alter, da muß etwas passiert sein.«

»Aber was?«

»Da bin ich überfragt. Es hat aber sicherlich mit Wikka und Kali zu tun.«

»Und woher wissen die, daß Mandra Korab zu uns unterwegs ist?«

»Deren Quellen sind vielfältig, und deren Macht ist es auch.« Ich griff zum Telefon.

»Wen willst du anrufen?«

»Ich muß noch mal mit den Leuten vom Flughafen sprechen«, gab ich zurück.

»Okay.«

Es war ein hinundherverbinden. Schließlich erreichte ich den Stand der Air India. Und dort bekam ich auch eine Frau an die Leitung, die sich an Mandra Korab erinnern konnte.

»Ja, er war hier und wurde auch abgeholt, wie es besprochen war, Sir«, erklärte sie mir.

Ich war elektrisiert. »Von wem ist er abgeholt worden?«

»Von einer Frau.«

»Wie sah sie aus?«

In den nächsten Sekunden bekam ich eine ziemlich treffende Beschreibung von Jane Collins, und das heizte meinen Mut nicht gerade an. Ich wußte nun Bescheid und war auf keine Vermutung mehr angewiesen. Mit netten Worten bedankte ich mich für die Auskünfte und legte auf.

»Was ist denn?« wollte Suko wissen.

»Jane Collins hat Mandra Korab abgeholt.«

Selbst Suko wurde blaß. »Verdammt!« zischte er. »Dann ist er in die Falle gegangen, oder weiß er über Janes Wechsel Bescheid?«

Ich raufte mir die Haare. »Nein, das ist es ja. Ich Idiot habe ihm nichts davon gesagt und wollte ihm das alles hier erklären. Wenn die Mandra etwas antun, Suko, dann ist es meine Schuld.«

Der Chinese wollte mich beruhigen. »Nun sieh das mal nicht so tragisch, John. Es wird nichts so heiß gegessen, wie es gekocht wird. Das haben wir schon öfter erlebt.«

»Nur habe ich diesmal Angst. Die beiden sind zu allem fähig, und wir wissen noch nicht, was sie im Schilde führen.«

»Hat denn Mandra nichts gesagt?«

»Kaum.« Ich schüttelte den Kopf und sprang auf, bevor ich im Büro auf und ab ging. »Ich weiß nur, daß Kali und Wikka zusammenhängen, das ist alles.«

»Dann müssen wir herausfinden, welchen Plan sie durchführen wollen. Mehr nicht.«

Ich blieb stehen. »Stopp deinen Humor. Ich bin nicht in der Stimmung.«

An die Heizung lehnte ich mich. Ich hatte einen verdammten Fehler begangen, und das ärgerte mich zutiefst. Ich hätte Mandra etwas über Jane sagen sollen. Der Name Wikka, den er mir ja nannte, verpflichtete mich gewissermaßen dazu.

Nun war es zu spät.

»Es geht um Kali«, sagte Suko.

»Und um Wikka.«

»Okay, die beiden haben sich verbündet. Andere Frage. Kali kann in verschiedenen Gestalten auftreten, sie ist dem Teufel sehr ähnlich. Und wenn sie . . .«

Das Telefon läutete. Suko saß am Schreibtisch, war dem Apparat näher als ich und hob ab.

Kaum hatte er den Hörer an sein Ohr gepreßt, als er schon die Anlage einschaltete, so daß ich mithören konnte. Und ich vernahm eine mir sehr bekannte Stimme.

Sie gehörte Jane Collins.

»Ist John Sinclair anwesend?« erkundigte sie sich höhnisch.

»Ja.«

»Gut, Suko, dann hört genau zu. Wir haben euren Freund Mandra. Er ist uns wie ein Anfänger in die Falle gelaufen, und wir werden ihn behalten, denn er hat ein besonderes Plätzchen bekommen.«

»Wo seid ihr, verdammt?« schrie ich.

»Das will ich dir sagen, John«, erwiderte Jane Collins, die meine Frage genau verstanden hatte. »Mandra Korab und wir befinden uns in Kalis Schlangengrube.«

Mir lief es kalt den Rücken hinab, als ich die Worte vernahm. Kalis Schlangengrube. Das hörte sich nicht nur gefährlich an, das war es auch, davon ging ich aus.

»Frag sie genau, was sie da wollen!« zischte ich Suko zu. »Vielleicht verrät sie sich durch eine Bemerkung.«

»Es lohnt sich nicht, John. Sie hat bereits aufgelegt.« Auch Suko drückte den Hörer auf die Gabel. »Tut mir leid . . .«

Ich ballte die rechte Hand zur Faust. »Den Triumph hat sie sich nicht verkneifen können«, murmelte ich. »Sie mußte uns anrufen und uns verspotten.«

»Und sie hat etwas von Schlangen gesagt.«

»Von einer Schlangengrube«, präzisierte ich.

Suko nahm einen Bleistift und tippte auf die Schreibtischunterlage. »Die wir finden müßten.«

»Klar.« Ich nickte. »Kannst du mir sagen, wo wir anfangen sollen? Mit Schlangen haben wir ja bereits unsere Erfahrungen gemacht. Ich denke da an Asmodinas Höllenschlange, die auch nicht gerade ein Pappenstiel war.«

Ich winkte ab. »Asmodina ist erledigt. Wegen ihr brauchen wir uns keine grauen Haare mehr wachsen zu lassen. Und da sie nicht mehr ist, können wir auch die Höllenschlange streichen.«

»Aber mit Schlangen hat es etwas zu tun. Darauf deutet der Begriff Schlangengrube hin.«

»Vielleicht müssen wir in den Zoo gehen«, sagte Suko.

»Wieso?«

»Ja, eine Schlangengrube läßt sich dort sicherlich finden. Da sind ja die lieben Tierchen versammelt.«

»Daran glaube ich nicht.«

»Es wäre zumindest eine Chance«, erklärte Suko. »Einen anderen Vorschlag habe ich nicht.«

Ich nahm wieder Platz, griff nach den Zigaretten und zündete mir ein Stäbchen an. Während der blaugraue Rauch aus meinem Mund floß, dachte ich über Sukos Idee nach. Sein Vorschlag war besser als nichts. Jane hatte uns den Hinweis auf die Schlangengrube gegeben. Ob bewußt oder unbewußt, mußte man erst einmal außer Betracht lassen. Aber irgendwie schienen alle Spuren in Kalis Schlangengrube zusammenzulaufen, und dort passierte bald auch einiges, davon war ich fest überzeugt.

»Oder hast du Angst, daß sie dich dabehalten?« fragte mein Freund und Kollege.

»Wo?«

»Im Zoo, natürlich.«

»Ach, hör auf! Aber deine Idee ist nicht schlecht. Wenn Wikka und Jane irgend etwas mit Schlangen zu tun haben und die Todesgöttin Kali auch noch mit hineinziehen, dann ist es durchaus möglich, daß sie sich die Schlangen als Diener aussuchen.«

Mein Freund zeigte sich skeptisch. »Normale Schlangen?«

»Warum nicht?«

»Wenn ich an den letzten Fall mit Asmodinas Höllenschlange denke, so waren das keine normalen Schlangen, sondern dämonisch beeinflußte.«

»Die vielleicht einmal normal gewesen waren«, hakte ich nach.

»Das kann sein.«

Ich dachte über den Zoo nach. Ein paarmal schon war ich dort gewesen. Das allerdings lag Jahre zurück. Inzwischen mußte sich einiges verändert haben, und vielleicht hatte Suko mit seiner Vermutung recht, so daß wir tatsächlich auf die Schlangen stießen.

Ich drückte die Zigarette aus. Suko sah dies als Zeichen an.
»Gehen wir?« fragte er.

»Ja.« Ich stand auf.

Im nächsten Augenblick erschien unsere gemeinsame Sekretärin Glenda Perkins. Da die Tür offengestanden hatte, war Glenda in der Lage gewesen, einen Teil des Gesprächs zwischen uns mitzubekommen. Deshalb fragte sie auch: »Darf ich euch von eurem Zoobesuch für einen Moment abhalten?«

»Wenn es sein muß.«

»Und wenn es wichtig ist,« meinte Suko.

»Ja, ich glaube. Soeben kam eine Meldung ins Haus. Man hat sie automatisch an uns weitergeleitet. Da ist ein Toter gefunden worden.«

»Und? Das soll vorkommen,« sagte ich.

»Ja.« Glenda lächelte jetzt. »Das kommt sogar öfters vor. Seltsam wird es nur, wenn der Tote keine normale Haut mehr besitzt, sondern eine schuppige, trockene und glatte.«

»Wie eben bei Schlangen«, fügte Suko hinzu.

»Das wollte ich sagen«, bemerkte Glenda.

Ich schnappte mir schon meinen Mantel, drückte mich an Glenda vorbei und zog ihr den Computerstreifen aus der Hand, auf dem eine Meldung stand. »Wir sind schon unterwegs . . .«

*

Mandra Korab wußte nicht, wo er sich befand, als er aus seiner Bewußtlosigkeit erwachte. Er hatte nur ein schreckliches Gefühl. Sein Magen revoltierte, das Blut in seinen Adern schien dicker geworden zu sein, und er selbst fühlte sich auch wie ein aufgequollener Hefeteig.

Trotzdem arbeitete sein Gehirn klar, und die zurückliegenden Ereignisse zogen im Zeitraffertempo an seinem geistigen Auge vorbei. Er sah sich auf dem Flughafen, sah Jane Collins, erinnerte sich an den Rover und an die Szene, wo Jane ihm die Pistole vor die Nase gehalten hatte, um ihm auch das Gift in den Körper schießen zu können.

Danach hatte er Sendepause.

Mandra lag auf dem Rücken, als er wach wurde. Er hielt die Augen geöffnet, merkte, daß ihn keine völlige Finsternis umgab, sondern ein gewisses Halbdämmer.

Mandra Korab konnte in gewissen Situationen eine nahzu stoische Gelassenheit aufbringen. Das bewies er in diesen Augenblicken. Er schnellte nicht sofort hoch, sondern blieb in seiner Haltung liegen und wartete erst einmal ab, ob sich irgend etwas tat.

Das geschah nicht.

Um ihn herum blieb es ruhig. Er hörte keine verdächtigen Geräusche und war schon einmal beruhigt.

Nach England war er zwar nicht unbewaffnet geflogen, aber er trug keine sichtbaren Waffen am Körper, so hatte man ihm auch keine abnehmen können, was schon einmal von Vorteil war.

Mandra gab seinem Körper Schwung und setzte sich aufrecht hin. Er breitete dabei seine Arme aus, schaffte es jedoch nicht, die Finger zu strecken, denn sofort verspürte er Widerstand. Mit den Fingerkuppen schlug er gegen etwas Hartes, tastete es ab und fühlte, daß es sich dabei um einen Stab handelte, den er umfaßt hielt.

Erst jetzt erwachte Mandra Korab zu einer nahezu hektischen Aktivität. Er stand auf, stellte fest, daß er seinen Kopf einziehen mußte, weil er sonst gegen einen harten Widerstand gestoßen wäre und war überrascht, als er bemerkte, wo er sich befand. Man hatte ihn in einen Käfig gesteckt!

Mandra Korab holte tief Luft. Vor seinen Augen befanden sich die Gitterstäbe des Käfigs. Er konnte durch die schmalen Zwischenräume schauen, und sein Blick fiel direkt auf die Wand, in die auch eine Holztür eingelassen war.

Wand und Käfig waren ausbruchsicher. Es gab überhaupt keine Stelle, die irgendwie locker war und durch die der Wind pfeifen konnte. Das Mauerwerk hielt dicht.

Zudem brannten die Flammen der dicken Kerzen seelenruhig. Man hatte sie gut im Verlies verteilt. Es waren vier insgesamt, die genügend Licht abgaben.

Bis auf den Käfig war der Raum leer.

Oder nicht?

Mandra Korab bemerkte plötzlich den Schatten, der etwas schräg durch die Stäbe in den Käfig hineinfiel. Dieser Schatten mußte von einem Gegenstand herstammen, der hinter ihm stand.

Der Inder drehte sich um.

Seine Augen wurden groß, als er den Gegenstand erkannte, der diesen Schatten warf.

Unwillkürlich zuckte Mandra zurück, bis er mit dem Rükken gegen die Stäbe des Käfigs stieß, und er glaubte sich in seine Heimat Indien versetzt.

Vor ihm stand Kali – die Todesgöttin!

Sie hockte dort mit übergeschlagenen Beinen in all ihrer Widerwärtigkeit, und man hatte ihr ihre ursprüngliche Gestalt gegeben. Bis auf eine Kleinigkeit.

Normalerweise hing um ihren Hals immer eine Kette aus Totenschädeln, diesmal jedoch nicht.

Der Hals war mit einer armdicken Schlange verziert, die sich zweimal herumgewunden und den Kopf erhoben hatte, so daß er genau auf den Käfig und damit auch auf den Gefangenen wies.

Ansonsten stimmte die Todesgöttin Kali, die in Wirklichkeit Parawati hieß und Schiwas Gemahlin war, mit den Figuren überein, die es auch in Indien gab.

Sie besaß vier Arme. Das Gesicht war pechschwarz. Ihre Handflächen glühten in einem gefährlichen, düsteren Rot. Den Kopf umgab ein blutbefleckter Wirrwarr aus strähnigen Haaren.

Und noch etwas fiel dem Inder auf.

Die Göttin besaß zwei Gesichter.

Oder vielmehr zwei Gesichtshälften. Eine Hälfte gehörte ihr, die andere Seite jedoch zeigte eine für Mandra Korab fremde Gesichtsform.

Sogar eine ziemlich glatte Haut, ein dunkles Auge und den Teil eines normal geschwungenen Mundes.

Da mußten zwei eine Verbindung eingegangen sein.

Der Inder brauchte nicht lange nachzudenken, um die Lösung zu erraten. Da die linke Gesichtshälfte nicht der Todesgöttin Kali gehörte, kam an sich nur eine Person in Betracht.

Wikka, die Oberhexe!

Sie und Kali hatten sich verbündet, waren eine Union eingegangen und dokumentierten es in dieser Figur.

Sie bewegte sich nicht, sie lebte nicht. Doch der Inder war sicher, daß sie mit einer gefährlichen Schwarzen Magie angereichert wurde, um dann ihren Schrecken verbreiten zu können.

So weit wollte Mandra es nicht kommen lassen. Bevor er sich hier umbringen ließ, wollte er versuchen, sein Gefängnis zu verlassen, und er klammerte seine Hände um die Gitterstäbe.

Mandra war beileibe kein Schwächling, doch die Stäbe bestanden aus Eisen, da hätte sich auch ein Held wie Herkules schwer getan.

Mandra gelang es nicht, sie zu biegen.

Nachdem die Stäbe seinen Bemühungen widerstanden hatten und nicht um einen Millimeter zur Seite gerückt waren, gab er es kopfschüttelnd auf. Da noch weiter zu machen, hatte wirklich keinen Sinn, er mußte sich in das Schicksal fügen, fragte sich allerdings, wie man ihn in den Käfig hineinbekommen hatte.

Das war leicht zu erkennen. An der einen Seite, sehr tief unten, befand sich in Kniehöhe ein kleines, aber sehr starkes Gittertor, das von außen mit einem runden Zylinderschloß versehen war. Mandra tastete es ab, als er seine Hand um das Gitter bog. Da war nichts zu machen. Zudem stellte er noch fest, daß die Stäbe im Steinboden fest eingemauert waren. Jemand hatte mit langer Hand alles sorgfältig vorbereitet.

Er stand wieder auf und blieb etwas gebückt stehen. Dabei dachte er über die Angst nach.

Die verspürte er eigentlich nicht, mehr Neugierde, aber auch Mandra gab zu, daß seine Lage mehr als bescheiden war, denn wenn er daran dachte, daß die Räume zwischen den Stäben so groß waren, um eine Schlange hindurchzulassen, konnte er schon ein wenig blaß um die Nase werden.

Er schaute schräg hoch bis zur Decke. Dort malten sich vier an den Rändern allmählich zerfasernde Kreise ab. Sie waren durch Kerzenflammen geschaffen worden.

Das Material der Decke bestand aus glattem Beton. Mandra glaubte deshalb nicht, daß er sich in einem sehr alten Verlies befand. Zumindest war es hier erneuert worden.

Noch einmal versuchte er es an den Stäben. Seine Finger umklammerten sie so hart, daß sogar die Knöchel scharf und spitz hervorsprangen, aber es tat sich nichts. Er konnte die einbetonierten Stäbe einfach nicht auseinanderbiegen.

Ein wenig hilflos hob Mandra Korab die Schultern und ärgerte sich vor allen Dingen über sich selbst, daß er wie ein Anfänger in die Falle gelaufen war. Nur – woher hätte er wissen sollen, daß Jane Collins die Seiten gewechselt hatte?

Das war die große Frage. John hatte es ihm nicht gesagt. Ob er es auch noch nicht wußte?

Seine Gedanken wurden unterbrochen, als er Geräusche hörte. Und zwar klangen sie von der Tür her auf.

Dort kam jemand.

Der Inder richtete seinen Blick auf die Tür, die sicherlich bald aufschwingen würde. Er hatte sich nicht getäuscht. Ein Schlüssel kratzte im Schloß, und im nächsten Augenblick schwang die Tür nach innen.

Zwei Frauen betraten das Verlies.

Für die jedoch hatte der Inder keinen Blick übrig, denn die Frauen besaßen eine schaurige Begleitung.

Es waren zahlreiche Schlangen, die sich um ihre Füße wanden. Und jede Schlange besaß einen Menschenkopf!

*

Die Polizisten, die vor der Wohnungstür standen, waren ratlos, als sie uns durchließen.

Ich blieb noch einmal stehen und fragte sie: »Was genau passiert ist, wissen Sie also nicht?«

»Nein, Sir.«

In der Wohnung fanden wir einen ebenfalls ratlosen Leiter der Mordkommission und einen Nachbarn, der schreckensbleich auf einem Stuhl saß, eine Whiskyflasche umklammert hielt und ins Leere starrte, wobei seine Lippen zitterten.

»Der hat ihn gefunden«, erklärte uns der Chef der Mordkommission. Er hieß Blackman.

»Und?«

Blackman hob die Schultern. »Eigentlich ist es ein Zufall gewesen. Mr. Frior, so heißt unser Zeuge, wunderte sich, daß die Tür nicht geschlossen war, als er nach unten ging. Dann schaute er in die Wohnung, fand sie zuerst leer, bis er in die Küche kam.«

»Und das wollen wir uns einmal ansehen«, schlug ich dem Kollegen vor.

»Ja, Sie werden sich wundern.«

»Das haben wir uns abgewöhnt«, gab ich zurück.

»Wenn man einen Job wie Sie hat, kann einen wohl nichts erschüttern. Wir haben extra so lange gewartet«.

»Danke. Und sorgen Sie bitte dafür, daß der Zeuge nicht die ganze Flasche leert.«

»Keine Angst, die nehme ich ihm schon weg.«

»Das wäre gut.«

Wir gingen in die Küche. Die Männer der Mordkommission hatten ihre ersten Arbeiten bereits getan und die Spuren gesichert. So brauchten wir keine Angst zu haben, etwas zu zerstören.

Und wir sahen das Opfer!

Suko preßte die Lippen zusammen, ich atmete scharf durch die Nase. Man hatte dem Mann die Kleidung ausgezogen, deshalb war jedes Detail auf seinem Körper zu sehen.

Von den Haarspitzen bis zu den Füßen zog sich die dünne, schuppige und trockene Haut. Obwohl es mir schwerfiel, bückte ich mich und tastete über die Haut.

Ja, sie war trocken und sehr dünn. Wie die Haut einer Schlange. Und ich hatte das Gefühl, sie so abziehen zu können, wenn ich sie mit einem Messer einritzte.

Den Versuch wollte ich wagen. Mein Taschenmesser konnte ich steckenlassen, ich nahm das Messer, das ich noch auf dem Tisch fand. Es gehörte eigentlich in die Küche.

Damit ritzte ich die Haut dicht über dem rechten Handgelenk ein. Ein kleiner Spalt war entstanden. Ich konnte ihn in zwei Hälften aufklappen.

Die rechte Hälfte bog ich um.

»Vorsichtig«, sagte Suko, der mir, wie die anderen Männer auch, über die Schulter schaute.

Ich zog an der Haut.

Obwohl sie so dünn war, zeigte sie sich sehr widerstandsfähig. Wie Papier konnte ich sie abziehen, und mein Blick fiel jetzt auf das Fleisch des Mannes.

Es sah grau aus. Grau, widerlich und unansehnlich. Als hätte normales Fleisch zu lange in der Sonne gelegen.

Ich schüttelte mich.

»Ziehen wir die Haut vollständig ab?« erkundigte sich Blackman.

»Es hätte keinen Sinn, es jetzt zu tun«, erklärte ich ihm. »Das können Sie im Labor.«

»Und wenn er noch lebt?«

Ich kam aus meiner gebückten Haltung hoch. »Wie kommen Sie denn darauf, Kollege?«

Blackman verzog das Gesicht. »Sie sind bekannt, Sinclair. Geisterjäger nennt man Sie. Ich hörte, daß die Leichen, die Sie finden, nicht immer tot sind.«

»Hier stimmt es aber.«

»Wollen wir hoffen.« Blackman gab seinen Männern einen Wink mit dem Kopf.

Die Leute verstanden und schafften den Toten hinaus. In der Diele fand ich noch den Zeugen, Mr. Frior. Er hatte die Flasche angesetzt und wollte trinken, als er mein scharfes Räuspern hörte.

Hastig zog er sie zurück, wobei ein Teil der Flüssigkeit aus der Öffnung gluckerte und seine Hose näßte.

Ich lachte. »Weshalb sind Sie so nervös? Haben Sie etwas zu verbergen, Mister?«

»Nein, nein, ich . . .«

»Wo können wir reden?«

Er hob die Schultern.

Suko deutete auf die Küche. Da die Leiche abtransportiert worden war, hatten wir dort Platz.

Mr. Frior zitterte, als er in die Küche kam. Er schaute auf einen der Stühle, und ich bedeutete ihm, sich dorthin zu setzen. Die Flasche hatte er mitgenommen und stellte sie vor sich auf den Tisch, als er endlich saß.

Suko blieb an der Tür stehen, ich pflanzte mich auf die Tischkante, schaute den Mann an und sagte: »So, nun mal raus mit der Sprache. Was haben Sie erlebt?«

»Es war schlimm.« Er deutete gegen die Decke. »Also, ich kam von oben, weil ich einen Eimer leeren wollte. Meine Frau sagt immer . . .«

»Beginnen Sie damit, als Sie die Wohnung betraten. Das andere können wir uns zusammenreimen.«

»Natürlich, Sir, gern.«

Wir hörten zu und bekamen an sich nichts Neues gesagt. Frior war eben neugierig gewesen, als er die offene Tür fand. Nachdem er seinen ersten Schock überwunden hatte, rief er die Polizei an.

Noch einmal streckte Blackman seinen Kopf durch den Türspalt. »Der Arzt meint, daß der Mann schon einen Tag hier liegt.«

»Danke.« Ich winkte ihm zu.

Blackman schloß die Tür. Wahrscheinlich war er froh, das Haus verlassen zu können. Auch Frior schielte zum Ausgang. Seinem Mienenspiel war zu entnehmen, daß er sich nicht entscheiden konnte, eine entsprechende Frage zu stellen. Schließlich hatte er sich durchgerungen, hob den Kopf und schaute mich an.

»Was ist, Mr. Frior?«

»Brauchen Sie mich noch, Sir?«

»Sicher.«

Er hob seine Arme. Dabei verzog auch sein Gesicht, und es bekam den Ausdruck einer Comicfigur. »Aber ich weiß doch nichts mehr«, jammerte er, »wirklich. Ich habe Ihnen alles gesagt.«

Suko löste sich von der Tür. »Erzählen Sie doch mal von der Familie Brandon, die hier wohnt.« Den Namen Brandon hatten wir an der Tür gelesen. Deshalb wußten wir Bescheid.

Frior schaute uns an, als hätten wir etwas Unsittliches von ihm verlangt. »Was soll ich denn von denen erzählen?«

»Alles.«

»Aber es gibt nichts.«

Suko legte seine Stirn in Falten. »Sie wohnen doch sicherlich schon einige Jahre hier im Haus – oder?« Als Frior genickt hatte, fuhr der Chinese fort. »Da lernt man seine Nachbarn kennen, ohne es eigentlich richtig zu wollen.«

»Ja, das stimmt.«

»Genau, Mr. Frior, darauf wollen wir hinaus. Es geht uns um ihren Nachbarn Mr. Brandon.«

»Nur um ihn?«

»Da existiert also noch eine Frau.«

»Klar, Cynthia.«

Ich mischte mich ein und kniff ein Auge zu, was ein wenig verschwörerisch wirkte. »Kannten Sie die Dame näher?«

Frior verstand und grinste zurück. »Nein, leider nicht. Aber sie hätte sicherlich nichts dagegen gehabt, sich mal näher kennenlernen zu lassen.« Er lachte.

»Wieso?« fragte Suko.

Friors Lachen stoppte. »Na, die war doch scharf wie ein Rettich.«

»Dann hatte sie Freunde?« wollte ich wissen.

»Kann ich Ihnen nicht sagen.«

»Woher wollen Sie denn wissen, daß Cynthia Brandon so scharf war, wie Sie sagen.«

»Das sieht man doch.« Er gab die Antwort in einem Tonfall, der mich mit den Ohren schlackern ließ. Wahrscheinlich hielt er uns für Trottel, und wir standen sicherlich noch trotteliger in seinen Augen da, als Suko die nächste Frage stellte.

»Sagen Sie mal, Mr. Frior, woran kann man das denn erkennen, ob eine Frau . . .«

»Ich sehe das sofort. Wie sie sich z. B. anzog. Das war schon eine Wucht in Tüten.«

»Hautenge Hosen?« fragte ich.

»Nein, ja, auch.« Er lachte. »Aber die engen Pullover und wie sie ging, wie sie einen anschaute. Die hatte Pfeffer unter dem Rock, kann ich Ihnen sagen.«

»Wieso hatte sie?«

»Sie ist doch weg, nicht? Hat den alten Peter verlassen,

weil er wahrscheinlich nichts mehr brachte.«

»Sie sind gut informiert«, stellte ich fest.

Frior lachte. »Das kann ich Ihnen sagen. Man hat so seine Erfahrungen.«

»Wenn Sie die Brandons gut gekannt haben, können Sie sich vorstellen, wohin die Frau verschwunden ist?«

Er schielte auf die Flasche und dachte nach. »Ist so trockene Luft hier«, meinte er.

»Sie können ja Wasser trinken.«

»Wollen Sie mich vergiften?«

»Erst nachdem Sie uns gesagt haben, wo diese Cynthia eventuell stecken könnte.«

»Ich habe keine Ahnung.«

»Überlegen Sie doch mal. Wenn die Frau sich für Sie interessiert hat, haben Sie sich doch sicherlich auch für ihren Lebenswandel ...«

»Klar, ein wenig. Aber sagen Sie meiner Alten nichts davon. Die heißt Edith und ist ein furchtbarer Drachen. Dürr wie 'ne Bohnenstange, das Gesicht vom Irokesen-Häuptling, aber giftig. Giftig, sage ich Ihnen, da kommen Sie ...«

»Dann war Cynthia das Gegenteil«, unterbrach Suko ihn.

»Ja, die hatte einen tollen Körper. Oft ging sie weg.«

»Wann? Morgens, mittags, abends?«

»Sowohl als auch. In letzter Zeit haute sie meistens am Abend ab. Immer, wenn es dunkel wurde.«

»Und dann?«

»Weiß ich nicht.«

»Keine Vermutung?« hakte ich nach.

»Schon. Aber das ist so etwas wie üble Nachrede. Ich glaube ja, daß sie ein paar Pfund nebenbei verdient hat. Hausfrauenstrich oder so.«

»Hat sie denn nicht gearbeitet?«

Er lachte blechern. »Das ist doch auch Arbeit, wenn sie sich . . .«

»Ich meine eine normale.« Allmählich wurde ich sauer. Der Knabe konnte einem mit seinem seltsamen Spaß wirklich auf den Geist fallen.

»Ja, die hatte sie auch.«

»Wissen Sie, wo sie gearbeitet hat?«

»Klar.« Er grinste. »Die ging immer nur einen halben Tag. War nicht mehr als 'ne Aushilfe.«

»Sagen Sie schon!« forderte ich.

»Im Zoo, Sir. Im Schlangenhaus!«

*

Fünf Sekunden herrschte Schweigen zwischen uns. Suko und ich schauten uns ungläubig an. Damit hatten wir nicht gerechnet. Und plötzlich bekam unsere Theorie Gewicht. Die Spur führte tatsächlich in den Zoo, auch zu den Schlangen, wie man mir mitgeteilt hatte.

»Was ist?« fragte Frior. »Sie sagen ja nichts mehr.« Er nahm einen Schluck aus der Flasche. Diesmal hatten wir nichts dagegen.

»Sie sehen uns überrascht«, gab ich ehrlich zu.

»Weshalb?«

»Das verstehen Sie doch nicht.«

Frior machte plötzlich ein erstauntes Gesicht, und ihm schien ein ganzer Kronleuchter aufzugehen. »Moment«, sagte er. »Moment. Jetzt begreife ich das erst. Wenn die bei den Schlangen gearbeitet hat, und ihr Mann war ebenfalls ein Schlangenopfer . . .«

»Wie kommen Sie darauf?«

»Er hatte doch die Haut.« Frior schaute mich an. »Ob Cynthia ihn getötet hat?«

»Wie sollte das möglich sein?« fragte ich.

»Durch Gift.«

Frior schaltete schnell. Diesen Aspekt durften wir in der Tat nicht aus dem Auge lassen, wenn ich auch nicht so recht daran glauben wollte, aus Gründen, die ich selbst nicht kannte. Außer acht lassen, durfte ich den Punkt keinesfalls.

»Sie ist zudem des öfteren außerhalb ihrer Berufszeit weggegangen«? hakte Suko nach.

»Das stimmt.«

»Hatte sie bestimmte Tage?«

»Nein, aber zumeist am Abend.«

»Und Sie wissen nicht zufällig, wohin sie sich gewandt hat?« wollte ich wissen.

»Nicht genau.«

»Mann, lassen Sie sich nicht jedes einzelne Wort aus der Nase ziehen. Was ist los? Wohin ist sie gegangen?«

»Ich habe mal mit Peter darüber gesprochen. Er hat es mir im Vertrauen gesagt.«

»Das zählt jetzt nicht mehr. Reden Sie!«

»Okay, okay. Sie ist in einen Club gegangen.«

»Und was wollte sie dort?«

»Keine Ahnung. Peter hat sie nichts Genaues gesagt. Es wäre ein reiner Frauenclub, und sie würden sich mit Dingen beschäftigen, die außerhalb unseres normalen Lebens stehen.«

»Genauer«, forderte ich.

»So komische Sitzungen.«

»Spiritistische?«

»Kann sein.«

»Wo liegt der Club?« hakte Suko nach.

»Delancy Street – Ecke Parkway.«

»Ziemlich vornehme Gegend«, sagte ich.

»Und liegt nahe am Regent's Park, wo wir auch den Zoo finden«, gab Suko seinen Kommentar hinzu.

»Stimmt.«

»Mehr wissen Sie nicht?« fragte der Chinese noch.

»Nein, Sir, mehr weiß ich wirklich nicht. Kann ich jetzt gehen?«

»Sie können, Mr. Frior.«

Er schnappte blitzschnell seine Whiskyflasche, nickte uns zu und hastete zur Tür. So rasch, wie es eben ging, war er verschwunden. Nur nichts mehr sehen.

Suko schlug mir auf die Schulter. »Los, Alter, diesen Club werden wir uns mal ansehen. Vielleicht haben wir Glück und finden dort etwas.«

»Und was?«

»Deine kleinen Schlangen.«

»Die sehen wir im Zoo besser. Da fahren wir zuerst hin.«

*

Es war ein Bild des Grauens!

Mandra Korab, der wirklich einiges gewohnt war, lief eine Gänsehaut über den Rücken. Er kannte zahlreiche dämonische Praktiken und Abarten aus seiner Heimat, wußte über vieles Bescheid, war firm in der Götter- und Heiligenkunde, hatte schon schreckliche Dämonen gesehen, aber so etwas noch nicht.

Schlangen, die Menschenköpfe trugen.

Die mutierten Wesen waren nicht groß, normale Schlangengröße etwa. Die menschlichen Köpfe stimmten mit den Proportionen der Körper überein. Sie waren verkleinert worden, aber jede Einzelheit und jedes Merkmal des Gesichts war noch vorhanden. Ein schauriger Anblick bot sich den Augen des Inders, als die Schlangen in den Keller drängten und zischende Laute aus den geöffneten Mäulern der Wesen drangen.

Mandra brauchte einige Zeit, um sich an das Bild zu gewöhnen, dann aber schaute er hoch und sah die beiden Frauen an.

Eine davon war Jane Collins. Sie kannte er zur Genüge. Nur hatte sie sich umgezogen. Jetzt trug sie eine enge schwarze Hose und eine grüne kittelähnliche Bluse, die bis zu den Oberschenkeln reichte. Ihr Gesicht war starr. Das höhnische Lächeln schien auf den Zügen eingefroren zu sein.

Die zweite mußte Wikka sein.

Das glatte Gegenteil der Jane Collins. Wenigstens auf den ersten Blick.

Ihr Haar war schwarz und genau auf der Mitte des Kopfes gescheitelt. Rechts und links fiel es lang nach unten, die Stirn blieb dabei zum großen Teil frei, so daß die beiden Schlangen genügend Platz besaßen, um aus der Stirn stoßen zu können.

Sie ringelten sich dabei eine Handlänge hervor, hatten ein giftgrünes Aussehen, und Mandra Korab glaubte sogar, kleine, rötliche Augen zu erkennen.

Wikkas Gesicht war glatt. Die Wangenknochen standen ein wenig hoch und sprangen hervor, wie man das bei slawischen Typen oft sieht. Von ihrem Körper konnte Mandra nicht viel erkennen, weil ein gewandähnliches Kleid ihn verdeckte. Mandra nahm jedoch an, daß sie ziemlich schlank war.

Bisher hatten ihn die beiden nicht angesprochen. Sie waren zu sehr beschäftigt, denn sie wollten die Schlangen in den Raum lassen.

Unter ihnen befanden sich die seltensten Typen und Arten. Da waren grüne, braune, sehr dünne, aber auch armdicke

Schlangen darunter, und als Mandra hinter sich ein Zischen hörte, lief es nicht nur kalt seinen Rücken hinab, er drehte sich auch blitzschnell um.

Die Schlange um Kalis Hals hatte sich bewegt!

Und sie hatte auch das Zischen ausgestoßen. Das Maul stand offen, eine Zunge huschte hervor, die kleinen, kalten Augen fixierten den gefangenen Inder, und Mandra dachte daran, daß er kaum eine Chance hatte, wenn ihn die Schlange angriff.

Es war ein Riesentier. Das fiel ihm erst jetzt richtig auf, als sie sich bewegte. In ihrem Körper mußte eine immense Kraft stecken. Wenn sie sich um einen Menschen geschlungen hatte, konnte sie ihm durchaus die Knochen brechen.

Diese Schlange war eine Boa Constrictor.

Mandra war so weit zurückgewichen, wie es der Käfig erlaubte. Aber irgendwo war Schluß. Da sperrten die Gitter, so daß er stehenbleiben mußte und den anderen den Rücken zuwandte.

Die von den beiden Frauen in den Raum geführten Schlangen hatten einen Kreis um den Käfig gebildet, Mandra Korab hörte ihr Zischen. Es war eine ewige Begleitmusik, eine Melodie, die ihm Angst einjagte, und die er unter Umständen mit ins Jenseits nahm.

Die kleineren Schlangen hielten sich nach wie vor zurück. sie trauten sich nicht in den Käfig.

Das überließen sie der Boa.

Mandra Korab gehörte nicht zu den Menschen, die Schlangen ablehnten oder sich davor ekelten. Für ihn waren es Tiere, die es geben mußte, wie auch Hunde oder Katzen.

In seiner Lage allerdings fürchtete er die Schlangen, vor allen Dingen die Boa.

Sie stand für einen Moment still. Der größte Teil des

Körpers war um die Figur der Göttin Kali gewickelt, der Kopf jedoch zielte genau auf einen Zwischenraum zweier Gitterstäbe.

Da würde er genau hindurchpassen!

Noch stand er still. Er schwebte gewissermaßen in der Luft, aber es würde nicht mehr lange dauern, dann war er so nah, daß Mandra ihn anfassen konnte.

Jetzt bewegte er sich wieder.

Übergroß kam Mandra der Schädel dieser Schlange vor. Der Inder vergaß die Welt um sich herum, er hatte nur Augen für die eine Schlange, die sich von Kalis Hals gelöst hatte.

Sie bewegte sich mit einer nahezu erschreckenden Geschmeidigkeit. Für einen Moment hatte Mandra das Gefühl gehabt, daß die Zwischenräume zu klein waren, er irrte sich jedoch. Sie waren groß genug, und die Schlange konnte ihren Schädel in den Käfig schieben. Dabei schabte sie an den Stäben, die Zunge huschte aus dem Maul vor und zurück, ihre Augen schienen tückisch zu blicken, und Mandra Korab schüttelte sich, als er das sah.

Jetzt war die Boa schon so nahe, daß er nur die Hand auszustrecken brauchte, um sie packen zu können. Aber das wollte er nicht. Die Boa sollte selbst kommen, und sie würde ihn mit ihrem Körper umschlingen, denn die beiden Frauen trafen keinerlei Anstalten, das gefährliche Tier zurückzuhalten.

Mandra riskierte einen schnellen Blick in die andere Richtung, wo es keine Boa gab.

Jane und Wikka hatten sich so weit vom Käfig aufgebaut, daß die anderen Schlangen Platz genug hatten, sich zwischen dem Käfig und den beiden Hexen aufzubauen.

Sie lagen nicht flach auf dem Boden, sondern hatten einen Teil ihres Körpers aufgerichtet, der so starr stand, als würde er von dünnen Fäden gehalten, und zahlreiche kleine Schlangenaugen waren auf den im Käfig hockenden Inder gerichtet.

Es waren stumme, gefährliche Wächter, die Mandra Korab einen großen Schrecken einjagten.

Er schaute wieder die Boa an – und zuckte zusammen. Ihr Kopf befand sich jetzt innerhalb des Käfigs. Nervös zuckte die Zunge. Sie schnellte vor, wieder zurück, ihr Körper schimmerte im Licht der brennenden Kerzen in einem seltsamen Rot, die Augen schienen starre Glaskügelchen zu sein, und dann schoß sie vor.

Es war eine Bewegung, die durch nichts angekündigt wurde. Mandra war jedoch darauf gefaßt gewesen.

Er duckte sich gedankenschnell, drehte sich zusätzlich noch zur Seite, prallte mit der Schulter gegen die Stäbe und sackte dabei in die Knie.

Die Schlange stieß zum zweitenmal vor.

Bei diesem Angriff ließ sie Mandra Korab keine Chance. Er kam nicht mehr weg und fühlte plötzlich den Körper auf seinen Schultern. Für einen Moment hatte er schreckliche Angst, daß die Schlange bis zu seinem Hals hochgleiten könnte, um ihn zu umschlingen, doch sie rutschte weiter und drehte sich um Mandras Körper.

Der linke Arm wurde dem Inder eingeklemmt.

Zum Glück hatte er den rechten frei. Ihn versuchte er zwischen seinen und dem Körper der Schlange zu bekommen, wollte das Tier wegdrücken, doch er hatte die Kraft und die Schnelligkeit der Schlange bei weitem unterschätzt.

Sie war so verdammt lang. Bevor Mandra sich versah, hatte sie bereits mit einem zweiten Ring seinen Körper umfaßt und begann langsam zu drücken.

Der Inder kämpfte.

Er lag auf den Knien. Zweimal hatte sich die Boa um seinen

Körper geschlungen, einmal in Höhe der Brust, und der zweite Ring preßte die Taille zusammen.

Mandra Korab hatte ein hartes, gefährliches Leben hinter sich. Er kämpfte auch nicht zum erstenmal gegen eine tödliche Riesenschlange, aber zum erstenmal in seinem Leben war er waffenlos. Nicht einmal ein Messer trug er bei sich.

Mit bloßen Händen mußte er sich verteidigen.

Nur war seine rechte Hand eingeklemmt. Mit der linken allein würde er es nie schaffen.

Der Kampf wurde härter, denn trotz einer wütenden Abwehrattacke gelang es Mandra nicht, die Boa zurückzuhalten, so daß sie einen dritten Ring um seinen Körper legen konnte.

Jetzt befand er sich völlig in der Gewalt der Boa.

Mandra hatte den Mund weit aufgerissen. Längst bekam er nicht mehr die Luft, die er benötigte. Er konnte zwar noch atmen, doch als die Schlange ihn mit einem dritten »Gürtel« umfaßte, wurde ihm die Luft bedrohlich knapp.

Mandra wußte, was kam. Sein Gehirn arbeitete weiterhin exakt. Das Tier würde allmählich immer stärker zudrücken und ihm erst die Rippen und dann die übrigen Knochen brechen.

Ein grausames Schicksal und ein schrecklicher Tod, der dem Inder bevorstand.

Auf seinem Gesicht lag eine glänzende Schweißschicht. Er schnappte verzweifelt nach Luft, wollte sie in die Lungen saugen, aber da war nichts mehr.

Aus. Schluß ...

Andere hätten aufgegeben, Mandra nicht. Er wollte buchstäblich bis zum letzten Atemzug kämpfen und jede Chance ausnutzen. Die schien sich ihm zu bieten, als plötzlich dicht vor seinen Augen der Kopf der Schlange erschien.

Noch hatte er eine Hand frei. Die Boa war nicht giftig, das wußte auch Mandra, deshalb konnte er es riskieren, mit seiner Hand gegen ihren Kopf zu greifen.

Die Finger stach er hinein, krümmte sie zusammen und drückte den Schädel nach hinten.

Er bewegte sich auch mit, gab dem Druck der Menschenhand nach, aber Mandra konnte keinen entscheidenden Sieg erringen, denn die Schlange war geschmeidig und zu gefährlich, und sie verstärkte ihre Kraft dermaßen, daß Mandra sich aufbäumte, lauthals stöhnte und sich sein Gesicht in einem gräßlichen Schmerz verzerrte.

Seine Rippen standen dicht vor einem Bruch!

Wenn die Schlange ihren Druck noch um eine Idee verstärkte, war es aus.

Das wußte er genau.

Mandra Korab ächzte. Es gelang ihm, sich ein wenig zu drehen. Er schaute durch die Stäbe, sah die anderen Schlangen mit den menschlichen Köpfen, und er entdeckte auch die beiden Hexen, die kalt lächelnd hinter den mutierten Wesen standen und seinen verzweifelten Kampf ums Überleben beobachteten.

Da hob Wikka die Hand . . .

*

Cynthia Brandon arbeitete im Zoo!

Wenn das keine Spur war, wollte ich in den nächsten drei Jahren nur noch Streifendienst machen.

Auch Suko war plötzlich von einem regelrechten Fieber angesteckt worden. Er konnte nicht schnell genug in Richtung Regent's Park kommen.

Der Regent's Park gehört zu den vornehmen Grünflächen

inmitten der Millionenstadt. Er ist nicht zu vergleichen mit dem Hyde Park, wo die Menschen sich wirklich erholten und ihren Spaß hatten.

Der Regent's Park gehörte zu den stilleren Arealen. Hier genoß man die Spaziergänge und war ausgeschlossen vom allgemeinen Trubel. Vielleicht wurde er deshalb auch von vielen älteren Menschen frequentiert.

Er gehörte noch zum Stadtteil Camden Town und wird von einer breiten Ringstraße umgeben, den Outer Circle. Der Zoologische Garten liegt an der Nordseite des Parks und besitzt zwei große Eingänge. Den Haupteingang am Outer Circle, außerdem den südlichen Eingang, der wesentlich kleiner ist, und den man nur vom Park aus erreichen kann.

So viel zur Lage des Parks. Und auch zum Zoo, denn er war unser erklärtes Ziel.

Sir James hatte ich über Autotelefon informiert. Der Superintendent war sauer, denn daß man Mandra Korab abgefangen hatte, empfand er als eine persönliche Niederlage.

»Was sagt der Alte?« fragte mich Suko, als ich den Hörer wieder aufgelegt hatte.

»Er ist sauer.«

»Kann ich mir vorstellen. Sonst nichts?«

»Auch er hält die Spur für verheißungsvoll. Aber das kennst du ja. Und er gab mir mit auf den Weg, unter allen Umständen auch Mandra Korab zu finden.«

»Das wollen wir doch hoffen.«

Zum Zoo gehörten auch Parkplätze. Sie waren leer, denn wer besucht schon im Januar den Zoologischen Garten? Wir suchten uns einen Platz dicht am Eingang aus.

Eine Kasse hatte geöffnet. Außer uns wurde sie noch von einem Vater mit seinen beiden kleinen Kindern angestrebt. Neben den Kassen befand sich der große Eingang. Es war jedoch nur ein kleines Tor geöffnet, und dort hockte in einem Kassenhäuschen der Kontrolleur. Wir hatten keine Eintrittskarten gekauft. Dafür zeigten wir unsere Ausweise.

»P ... Polizei?« fragte er.

»Genau.«

»Aber ich ...«

»Es geht nicht um Sie, Meister. Wir wollen von Ihnen nur wissen, wo sich das Personalbüro befindet?«

Der Mann kam sogar aus seiner Bude. Er war behindert und zog ein Bein nach. »Schauen Sie mal, dort links. Der Flachbau. direkt neben dem großen Exotenhaus.«

»Danke.«

Suko fragte: »Gibt es dort auch Schlangen?«

Der Wärter begann zu lachen. »Mehr als Ihnen lieb sein kann, Mister.«

Wir winkten ihm zu und schritten über einen asphaltierten Weg auf das Verwaltungsgebäude zu, vor dem es einen Parkplatz gab, auf dem einige Wagen standen. Wahrscheinlich die Fahrzeuge der Angestellten.

Wir fanden eine Glastür vor, hinter der sich ein Treppenhaus anschloß. Jemand kam uns mit klappernden Absätzen entgegen. Ein vollbusiges Mädchen, das einen Schnellhefter unter dem Arm trug und uns durch die runden Gläser seiner Brille fragend anschaute.

»Wir hätten gern den Chef des Terrariums gesprochen«, sagte ich höflich.

»Oh, der ist nicht da.«

Pech. »Und wann kommt er zurück?«

Sie lachte. »Da ist er schon, aber nicht hier, sondern drüben bei den Tieren.«

»Im Exotenhaus?« präzisierte ich.

»Genau.«

»Dann schauen wir dort nach«, erklärte Suko, nickte dem Girl zu und verschwand.

Ich schloß mich meinem Freund an. Als wir den Bau verließen, begann es zu regnen. Dünne Tropfen fielen aus dem düster gewordenen Himmel und näßten unsere Kleidung.

Auch der Eingang des Exotenhauses bestand aus einer Glastür. Verschlossen war sie nicht. Kaum hatten wir die Halle betreten, als ich mir vorkam wie am Äquator.

So stickig, so heiß war die Luft. Sie schlug uns auf die Lungen und erschwerte das Atmen.

»Mann!« knurrte Suko, »wo finden wir den Knaben denn?«

Ich war an einer Tafel stehengeblieben, die gleichzeitig als Wegweiser fungierte.

Von der Halle zweigten mehrere Gänge ab. Der rechte führte zu den großen Aquarien. Die interessierten uns nicht. Für uns kam der mittlere Gang in Frage. Er brachte uns zum Ziel.

Ich gab Suko einen Wink. Der Chinese hielt Schritt. Wir erreichten schon bald eine große Tür. Wir stießen sie auf und befanden uns sofort im Zentrum.

Die Ruhe fiel auf.

Dicht hinter der Tür blieben wir stehen und schauten uns um. Gewaltige Terrarien, in denen sich zahlreiche Kriechtiere befanden. Schlangen, wo man schaute.

Sie lagen entweder auf dem Boden der gläsernen Gefängnisse oder hatten es sich auf den Bäumen bequem gemacht.

In einem Terrarium belauerte eine Schlange eine kleine Maus. Die Maus hatte keine Chance. Sie versuchte noch wegzukommen, doch die Schlange war schneller, riß ihren Rachen auf und hatte die Maus plötzlich zur Hälfte verschluckt.

Es war ein aussichtsloser Kampf für das Opfer. Aber so ist

die Natur. Der Stärkere frißt den Schwächeren.

Suko räusperte sich.

»Was ist?« fragte ich.

»So etwas sehe ich nie gern.«

»Frag mich mal.«

Wir gingen weiter. Vorbei an den Terrarien, und wir wurden auch von den Schlangen und Echsen wahrgenommen. Wenn sie uns sahen, zuckten sie hoch. Zwei Klapperschlangen richteten sich im warmen Sand hoch, blähten ihre Köpfe und rasselten, daß wir das Geräusch sogar durch die dicken Scheiben vernehmen konnten.

»Die scheinen nervös zu sein«, bemerkte Suko.

Ich nickte. »Ob das einen Grund hat?«

»Tippst du auf Kali oder Wikka?«

»In diesem Fall ist alles möglich.«

»Wahrscheinlich hast du recht.«

Wir waren inzwischen so weit gegangen, daß wir den Durchgang zu einem anderen Raum erkennen konnten.

Von dort hörten wir Schritte.

»Da scheint der Knabe zu stecken«, bemerkte ich und ging einen Schritt schneller.

Wenig später hatte ich die Schwelle zum Nebenraum überschritten und sah tatsächlich einen Mann.

Er sah nicht nur stark aus, er war auch stark. Vom Gewicht her meine ich.

Zwei Zentner schleppte er sicherlich mit sich herum. Der Gürtel spannte sich unter seinem Kugelbauch, die grüne Cordhose saß ziemlich eng, das Hemd zeigte ein rot-weißes Karomuster. Sein braunes Haar war zu einer Bürste geschnitten, so daß der Kopf eine ziemlich eckige Form bekam. Ich sah ihn nur im Profil. Die Nase schien mal Bekanntschaft mit einer Faust gemacht zu haben, denn sie sah von der Seite her ziemlich eingedrückt aus. Dafür stand der Bart weiter ab.

Der Mann starrte auf ein gewaltiges Terrarium, in dem sich Riesenschlangen befanden. Wenn man diese Tiere so sah, konnte einem wirklich ganz mulmig werden. Von denen wollte ich nicht zärtlich in den Arm genommen werden.

Auch diese Schlangen bewiesen eine seltsame Unruhe. Sie bewegten sich meiner Ansicht nach ziemlich hektisch, ihnen schien die Ruhe nicht mehr zu passen, und der Mann schaute sie nachdenklich durch die dicke Trennscheibe an.

Ich räusperte mich.

Nie hätte ich dem Knaben diese Schnelligkeit zugetraut. Er wirbelte herum und funkelte Suko und mich aus kleinen Augen böse an. »Wie kommen Sie hier rein?« raunzte er.

»Durch die Tür«, erwiderte ich gelangweilt.

»Sehr witzig.« Er verzog sein Gesicht, der Bart machte die Bewegung mit, dann kam der Knabe auf uns zu. »Raus!« befahl er, streckte seinen Arm aus und deutete mit dem ausgestreckten Zeigefinger an uns vorbei in Richtung Tür.

»Sind Sie der Oberpfleger hier?« fragte Suko.

Der Arm fiel nach unten. Daß man ihn so ansprechen würde, damit hatte der Knabe wohl nicht gerechnet. Sein Gesicht lief rot an. Er holte Luft, und er stand dicht vor der Explosion.

Bevor er sich gewalttätig zeigen konnte und es noch zu einem Faustkampf kam, holten Suko und ich unsere Ausweise hervor.

»Sehen Sie mal her!« sagte ich.

Er stierte die Dokumente an. »Bullen?«

»Die stehen auf der Weide und warten auf Kühe«, erklärte ich, weil ich das Wort nicht leiden konnte.

Er kratzte seinen Bart. »Nehmen Sie es nicht so tragisch, Mann. Was gibt es denn?«

»Wir hätten uns gern mal mit Ihnen unterhalten, Mister…«

»Tadlock. Jeff Tadlock.«

»All right, Mr. Tadlock. Man hat uns hier in diesen Bau geschickt, weil Sie uns vielleicht helfen können.«

»Worum geht es denn?«

»Um Ihre Schlangen.«

»Wieso?« Er bekam fast seinen Mund nicht mehr zu. »Was hat denn Scotland Yard mit Schlangen zu tun?«

»Es geht dabei eigentlich um eine gewisse Cynthia Brandon«, sagte Suko.

»Die kenne ich.« Tadlock sagte dies in einem Tonfall, der uns bewies, daß er nichts von ihr hielt.

»Woher?«

»Sie hat doch hier gearbeitet.«

»Arbeitet sie jetzt nicht mehr.«

»Nein, wir haben sie gefeuert.«

»Was war der Grund?«

»Sie ist nicht erschienen. Hat sich auch nicht krankgemeldet, sondern blieb einfach der Arbeitsstelle fern. Das kann man natürlich nicht machen, einen Ersatz bekommen wir immer. Morgen schon fängt eine Neue bei uns an.«

»Ist Ihnen sonst etwas an der Frau aufgefallen?«

»Wie meinen Sie das?«

»Nun ja. Wie kam sie mit den Tieren aus?«

»Sehr gut. Ein besonderes Verhältnis hatte sie zu den Schlangen. Die hat richtig mit ihnen gesprochen.«

»Was auch für Sie seltsam war.«

»Das können Sie wohl laut sagen.«

»Was machen Sie eigentlich mit den Tieren?« wollte Suko wissen. »Kommen die auch mal aus ihren Terrarien raus?«

»Ja, wenn sie krank sind.«

»Sonst nicht?«

»Nein, nur bei Cynthia.«

»Wieso?«

Der Mann hob die Schultern. »Die hat die Tiere doch einfach rausgenommen.«

»Und es ist nichts passiert?« staunte ich.

»Nein, nichts. Manchmal kam sie mir vor, als wäre sie selbst eine Schlange.«

»Ja, solche Menschen gibt es«, sagte ich. »Noch eins, Mr. Tadlock. Als wir vorhin ankamen, da fiel uns auf, daß die Tiere relativ unruhig waren. Kann das stimmen, oder haben wir uns getäuscht?«

»Keine Täuschung. Deshalb bin ich ja hier und auch so nervös. Irgend etwas raubte den Viechern ihre Ruhe.«

»Haben Sie einen Verdacht?«

»Bis jetzt noch nicht.«

»Kann es das Wetter sein?« Diese Frage stellte Suko. Er bekam sofort eine ablehnende Antwort.

»Nein, in diesen Häusern herrschen immer die gleichen Temperaturen. Das ist es nicht.«

»Und sonst?«

»Wie gesagt, ich weiß es noch nicht. Ich bin fast zwanzig Jahre hier tätig und habe als einfacher Pfleger angefangen, aber so etwas ist mir noch nicht passiert.«

Ich wechselte das Thema. »Haben Sie schon mal was von einer Göttin Kali gehört?«

»Hä?« Er schaute mich an, als hätte ich ihn etwas Unanständiges gefragt. »Wer soll das denn sein?«

»Vergessen Sie es.«

»Kali, Kali«, murmelte er und kratzte seinen Bart. »Irgendwie kommt mir die Sache trotzdem bekannt vor.«

Ich hatte schon weitergehen wollen, blieb nun stehen und schaute ihn an. »Fällt Ihnen noch etwas ein, Mister?«

»Ja, irgendwie . . .«

»Reden Sie schon.«

»Der Name, wissen Sie, ich glaube doch, daß ich ihn schon mal gehört habe. Verdammt. Kali . . .«

Ich half ihm auf die Sprünge und hoffte, daß ich damit durchkam. »Kann Cynthia den Namen vielleicht erwähnt haben?«

Er drehte seinen Kopf, ließ den Mund offen, wobei er ein Loch in sein Bartgestrüpp produzierte, und nickte heftig. »Ja, ja, jetzt weiß ich es. Sie hat ihn erwähnt, Cynthia!«

»In welchem Zusammenhang?«

»Wenn ich das wüßte . . .«

»Überlegen Sie. Strengen Sie Ihren Grips an. Es ist verdammt wichtig, Mister.«

»Ja, ja . . . sicher . . .«

Ich wurde sauer. Suko verdrehte die Augen. Dieser Kerl war wirklich nicht der schnellste. Plötzlich grinste Jeff Tadlock. »Ja, jetzt weiß ich es. Das war kurz bevor sie nicht mehr zur Arbeit kam. Wir hatten Streit, und sie drohte mir.«

»Mit Kali?«

»Richtig, mit ihr. Verdammt, sie sagte, daß wir noch von ihr hören würden. Diese gesamte Anlage hier bestünde schon seit einiger Zeit aus Sprengstoff . . .«

»Was haben Sie unternommen?« wollte Suko wissen.

»Nichts habe ich unternommen. Gar nichts. Ich hielt die Worte für das Geschwätz einer Spinnerin.«

»Das war es wohl nicht«, bemerkte Suko trocken.

Tadlock stellte eine Frage, die wir ihm auch nicht beantworten konnten. »Aber was hat das denn alles mit den Schlangen hier zu tun? Ich verstehe es nicht . . .«

»Wir auch noch nicht. Allerdings sollten Sie an das Verhalten der Tiere denken. Das war wohl mehr als ungewöhnlich.«

»Da haben Sie recht.«

»Moment mal!« zischte Suko plötzlich und legte einen Finger auf die Lippen.

»Ist was?« wisperte ich.

Ebenso leise gab Suko zurück: »Da sind Schritte gewesen, John. Ich habe sie genau gehört.«

Tadlock wollte etwas sagen, als er meinen warnenden Blick bemerkte. Da hielt er lieber den Mund.

Suko ging bereits auf den anderen Raum zu. Ich blieb noch bei Tadlock, damit er keinen Mist machte, schaute meinen Freund und Kollegen nur nach.

Der war auf der Schwelle zu den beiden Räumen stehengeblieben. Er schaute angestrengt nach vorn. Wenn die Räume für Besucher geöffnet sind, brennen dort meistens die Leuchtstoffröhren. Jetzt war nur die Notbeleuchtung eingeschaltet, kleine Lampen an den Wänden, deren Licht zudem noch durch Schirme gedämpft wurde.

Suko glaubte, sich nicht getäuscht zu haben. Auf seine Sinne konnte er sich verlassen, und er bewegte vorsichtig sein rechtes Bein, um den ersten Schritt zu machen. Wenn jemand da war, dann mußte er ihn entdecken.

Alles war still.

Oder?

Etwas rieselte Suko kalt über den Rücken, als er das leise Zischen hörte. Es konnte nur von einer Schlange stammen, aber die waren in den Terrarien, konnten nicht frei sein ...

Es sei denn, jemand hätte sie freigelassen. Diese Vermutung gefiel dem Chinesen überhaupt nicht. Er dachte auch nicht länger darüber nach, da er abgelenkt wurde.

Ein Schatten bewegte sich durch den Raum.

Von links nach rechts huschte er. Suko sprang vor, wollte ihm den Weg abschneiden, als der Schatten zur Ruhe kam.

Es trennten die beiden nicht viele Yards. Suko konnte den Menschen genau erkennen, da er sich im Licht einer Lampe aufhielt. Und er sah, daß er eine Frau vor sich hatte.

Wikka!

»Verdammt!« schrie der Chinese und zog seine Pistole.

Im nächsten Augenblick hörte er das gefährliche Zischen dicht neben sich …

*

Wikkas Hand fiel nach unten!

Es war ein Zeichen, und es galt nur einem Lebewesen. Der Schlange, die Mandra Korab umklammert hielt.

Der Inder bekam davon nichts mit. Sein Blick hatte sich längst getrübt. Er war fertig. Seelisch und körperlich. Luft bekam er kaum mehr, und er merkte kaum, daß sich die Schlange von seinem Körper löste und zur Seite glitt.

Mandra Korab brach zusammen.

Verkrümmt blieb er auf dem Käfigboden liegen, während die mächtige Schlange zur Seite glitt und sich zusammenrollte, als wäre überhaupt nichts geschehen.

Wikka trat näher.

»Warum hast du ihr das Opfer nicht gegönnt?« fragte Jane Collins mit kalter Stimme.

»Ich wollte ihm nur meine Macht demonstrieren. Was nutzt er uns allein? Ich will sie alle.«

»Sinclair und …«

»Ja, ihn und den Chinesen.«

Vor dem Käfig blieb Wikka stehen und umklammerte mit ihren Händen die Stäbe. Sie schaute auf den am Boden liegenden Mandra Korab und lächelte.

Gesehen hatte sie ihn noch nie persönlich. Trotzdem

wußte sie über ihn Bescheid, denn sie hatte es verstanden, sich mit Kali, der Todesgöttin, zu verbünden. Sie stand auf ihrer Seite, Wikka hatte sie beschworen, und Kali versprach ihr, die Schlangen unter ihre Kontrolle zu geben, wenn sie als Gegenleistung Mandra Korab bekam.

Den konnte sie haben.

Wikka hatte ihn bereits unter Kontrolle. Es würde ihr ein leichtes sein, den Inder der Göttin Kali zu übergeben.

»Kannst du mich hören?« fragte sie und richtete ihre Stimme gegen den im Käfig liegenden Inder.

Mandra Korab antwortete nicht.

»Ist er tot?« fragte Jane Collins aus dem Hintergrund, wo sie wie ein rächender Todesengel stand.

»Nein, der nicht. Der hat Knochen aus Stahl. Er ist nur ein wenig erschöpft, unser Kleiner.« Sie lachte.

Und dieses Lachen hörte auch Mandra. Er kam sich vor, als hätte man ihn durch eine Mühle gedreht und ihn gleichzeitig in eine Presse gesteckt. Trotzdem hatte er die Stimme verstanden. Allerdings hütete er sich, etwas zu unternehmen. Er wollte sich noch ausruhen und erst einmal Zeit gewinnen.

Nur vorsichtig konnte er atmen. Bei jedem Luftholen taten ihm die Rippen weh, und nicht nur sie. Es gab eigentlich kaum eine Stelle an seinem Körper, die nicht schmerzte. Durch die Schlange hatten ihm seine Gegner bewiesen, wie mächtig sie waren, und Mandra hatte sich ihrem Diktat beugen müssen.

Nach wie vor vernahm er das Zischen der Schlangen. Sie hielten den Ring um den Käfig herum dicht. In ihrem Wall aus Leibern gab es keine Lücke. Und die Menschenköpfe bewegten sich pendelnd vor und zurück. Mandra sah sie dicht vor sich. Die Gesichter grinsten ihn an, und allmählich stieg die Wut in seinem Innern hoch, aber er war machtlos, konnte nichts tun und mußte die nächsten Minuten abwarten, die man ihm hoffentlich gab.

Jane Collins wollte an seine Schwachheit nicht so recht glauben. Sie hetzte wieder und sagte: »Laß dich nicht reinlegen, Wikka. Dieser Typ versucht es immer wieder. Er ist längst auf der Höhe und will nur Zeit gewinnen.« Sie lachte höhnisch. »Das gleiche habe ich auch schon des öfteren durchprobiert. Zumeist gelingt es, denn die Gegner fallen immer darauf rein.«

»Stimmt das, Inder?«

Mandra Korab vernahm die schneidende Stimme der Oberhexe und hob seinen Kopf.

»Ich habe dich etwas gefragt, Inder!«

»Mir geht es wirklich dreckig. Jane Collins kannst du ja mal in den Käfig stecken und sie von einer Schlange umarmen lassen.«

Wikka lachte, und die Schlangen an ihrer Stirn bewegten sich. »Ich brauche meine kleine Dienerin noch«, erklärte sie. »Und dich brauche ich auch.«

Mandra hatte während Wikkas Worten seine Hände um die Stangen geklammert und sich in die Höhe gezogen. Seine Beine zitterten, als er stehenblieb, der Atem ging heftig, in der Brust hatte er das Gefühl, als wollten die Knochen zerspringen, aber er hielt sich tapfer, denn er wollte diesen weiblichen Bestien keine Schwäche zeigen.

Wikka lächelte. »Du hast dich wirklich übertölpeln lassen, Inder. Es ist nicht einmal deine Schuld. Jeder andere wäre ebenfalls in die Falle gelaufen, denn wer kann schon wissen, außer den Eingeweihten, daß die gute Jane die Seite gewechselt hat.«

»Wie war das möglich?« Diese Frage hatte Mandra schon lange auf dem Herzen gebrannt, jetzt endlich kam er dazu, sie zu stellen, und er hoffte, daß er eine Antwort bekam.

Wikka enttäuschte ihn nicht. Sie gab ihm die Antwort, und sie erklärte anschaulich und genüßlich, wie Jane zu einer Hexe geworden war.

Mandra hörte zu. Er glaubte Wikka alles, und er wollte wissen, ob es ein Zurück gab.

»Für wen? Sie?« Wikka deutete dabei auf Jane Collins.

Mandra nickte.

»Nein, ein Zurück gibt es nicht. Es sei denn, ich will sie loswerden. Und das wäre schlecht für sie, dann nämlich säße sie zwischen zwei Stühlen. Ich habe die Rückendeckung des Teufels, nur ihm bin ich unterlegen, und ich glaube, daß sich der Geisterjäger John Sinclair übernommen hat, als er mich zum Feind machte. Ich habe Jane Collins bekommen, und ich werde auch noch die anderen in die Finger kriegen. Mit dir habe ich den Anfang gemacht. John Sinclair und dieser Chinese werden folgen, denn bevor ich zu dir nach unten stieg, habe ich sie gesehen. Sie haben mich gesehen, aber sie können nichts tun, Kalis Schlangengrube wird auch für sie zu einer Falle. Wir haben die Schlangen unter Kontrolle, und ich besitze die Schlüssel zu ihren Gefängnissen. Cynthia, eine sehr gute Freundin, hat sie mir besorgt. Nachschlüssel, die überall passen. Ich bin unabhängig, und ich habe mich mit Kali verbündet. Sie gibt mir Macht über die Schlangen, und ich gebe ihr dafür auch etwas, das mußte ich versprechen.«

»Wer soll das sein?« fragte Mandra.

Wikka wollte sich ausschütten vor Lachen. Sie bog ihren Oberkörper zurück und konnte sich nicht mehr halten. »Das ausgerechnet fragst du, Mandra Korab?«

Der Inder verstand. »Soll das heißen, daß du mich als Opfer ausersehen hast?«

»Natürlich. Du bist unsere Gegenleistung für Kali. Sie hat

noch eine alte Rechnung mit dir offen, und sie wird dich quälen bis zu deinem Tod, darauf kannst du dich verlassen, Inder.«

Mandra ballte die Hände, sagte aber nichts, sondern atmete tief ein und schluckte ein paarmal. Er blickte auf die Schlange, die zusammengerollt in seinem Käfig lag. Sie störte sich nicht mehr an dem zweibeinigen Opfer, aber Mandra Korab war klar, daß sie aus ihrer Lethargie erwachen würde, wenn er nur eine falsche Bewegung machte.

»Du siehst genau, Inder, deine Chancen stehen nicht sehr gut. Und die der anderen Geisterjäger auch nicht. Sie suchen dich ...« Wikka begann zu lachen. »Aber sie ahnen nicht, daß du so nahe bei ihnen bist.«

»John wird mich finden«, erklärte Mandra Korab. »Wenn er sich in der Nähe befindet, dann führt ihn sein Weg zu mir.«

»Du hast recht«, erwiderte Wikka und lächelte teuflisch. »Er soll dich sogar finden, aber als Toter. Ich habe dich Kali versprochen, das Versprechen halte ich ein. Deine Todesstunde, Mandra Korab, ist gekommen. Jetzt und hier!«

*

Suko mußte sich entscheiden. Sollte er stehenbleiben und schießen oder sich zur Seite bewegen, damit er dem Angriff der Schlange vielleicht noch entging.

Er wußte es selbst nicht genau, sprang aber instinktiv in die andere Richtung, weg von der Schlange und verpaßte somit die Chance, gegen Wikka vorzugehen.

Er hatte sie auch nur kurz gesehen, denn im nächsten Moment war sie verschwunden, und er hörte nur noch ihr Lachen. Dann schlug eine Tür. Die beiden Geräusche nahm Suko mehr unbewußt wahr, weil er sich auf die Schlange konzentrierte, deren Zischen er vernommen hatte und die er auch nun sah.

Das Tier befand sich dort, wo Suko eben noch gestanden hatte. Und es war kampfbereit.

Sie hatte sich aufgerichtet, der Kopf pendelte, die kleinen Augen waren auf den Gegner fixiert, dann bewegte sie sich vor.

In diesem Augenblick hörte Suko, wie sich John Sinclair näherte.

Ich hatte es in der Tat nicht mehr länger ausgehalten, denn ich wollte sehen, wie es meinem Partner ergangen war. Daß irgend etwas im Busche war, stand für mich fest.

Auch Jeff Tadlock blieb bei mir.

Beide sahen wir Suko als Schatten und bemerkten auch, daß er seinen Arm hob. Etwas an seiner Hand hatte sich verändert. Als ich genauer hinblickte, erkannte ich die Pistole, die er zwischen den Fingern hielt. Mein Freund hatte die Waffe gezogen, bestimmt nicht grundlos. Irgendeine Gefahr mußte in der Nähe lauern.

Ich blieb sofort stehen. »Was ist geschehen?« rief ich.

»Verdammt, John, da ist eine Schlange freigekommen.«

O Gott. Ich schluckte hart. Über meinen Rücken rieselte es kalt. Mir war klar, was die Worte meines Partners zu bedeuten hatten. Wir schwebten in großer Gefahr. Wenn eine Schlange freigekommen war, dann konnten auch andere aus ihren Gefängnissen schlüpfen. Davon mußte ich ausgehen.

Jeff Tadlock dachte ähnlich. Er stand neben mir. Seine Hände öffneten und schlossen sich. Dabei hatte er Angst, das spürte ich sofort, denn er mußte es wissen.

»Wo ist das Tier?« fragte er.

Diese Worte waren an meinen Freund und Kollegen

gerichtet, aber Suko gab keine Antwort. Wir sahen ihn auch nicht mehr. Die Düsternis des Raumes hatte ihn verschluckt.

»Können wir kein Licht machen?« flüsterte ich und zog ebenfalls meine Waffe.

Tadlock hob die Schultern. »Es ist schwer«, gab er zu. »Der Hauptanschluß befindet sich am Eingang des anderen Raumes. Wir müßten ihn also ganz durchqueren.«

Das gefiel mir überhaupt nicht, denn auf dem Weg dorthin konnten zahlreiche Schlangen auf uns lauern und uns in ihre Falle locken.

Suko sollte Licht machen.

Ich wollte es ihm gerade zurufen, als der Schuß krachte.

Nicht nur Jeff Tadlock zuckte zusammen, auch ich bekam einen gehörigen Schreck, glaubte ein Klatschen zu hören und lauschte dem Echo des Schusses, das allmählich verklang.

»Hast du sie erwischt, Suko?«

»Scheint so.«

Mir fiel ein Stein vom Herzen. Eine Schlange weniger. Aber wie viele lauerten noch in der Nähe?

»Siehst du noch welche von diesen Tieren?« rief ich meinem Partner zu.

»Nein John, es ist zu dunkel.«

»Der Lichtschalter befindet sich nahe der Tür«, erklärte Jeff Tadlock.

»Okay, ich versuche, ihn zu erreichen. Bleibt ihr mal da stehen.« Wir hörten Sukos Schritte und sahen ihn auch. Sein Schatten zeichnete sich links von uns an der Wand ab. Er wanderte, und wir konnten feststellen, welche Richtung der Chinese einschlug. Er ging tatsächlich auf die Tür zu.

Dann wurde es hell.

Zuerst sahen wir das Flackern der Lampen unter der gelb gestrichenen Decke. Das Licht tanzte auf und ab, und schließlich blieb es in einem kalten, etwas grellen Weiß.

Ich konnte aufatmen.

»So, jetzt sieht alles besser aus«, sagte ich, löste mich von der Stelle und schritt in Sukos Richtung.

Jeff Tadlock aber wollte sich die einzelnen Terrarien anschauen. Wenn eine Schlange freigekommen war, konnten auch andere den Weg in die Freiheit gefunden haben.

Suko stand neben dem Kadaver der Schlange. Trotz der schlechten Lichtverhältnisse hatte er gut gezielt. Der Schlangenkopf war von der Silberkugel zerfetzt worden.

»Gute Arbeit«, lobte ich.

Suko winkte ab. »Ich hätte lieber mit einer normalen Kugel geschossen.«

»Dann sind die Biester nicht dämonisch beeinflußt?«

»Das glaube ich.«

Und wer hat sie aus dem Gefängnis geholt?«

»Wikka.«

Suko sagte dies so bestimmt, daß ich aufhorchte. »Wieso? Was macht dich so sicher?«

»Ich habe sie doch gesehen, John. Sie war hier!«

Sukos Worte gaben mir einen Schlag. Damit mußte ich erst fertig werden. Wikka befand sich also in der Nähe. Wenn ich weiterdachte, mußten auch Jane Collins und Mandra Korab sich ebenfalls nicht weit von uns entfernt befinden.

Das war sogar anzunehmen. Jetzt konnte uns Jeff Tadlock eine gute Hilfe sein. Er hatte zu tun, denn er kontrollierte jedes Terrarium. Wir sahen hin und wieder seinen gebeugten Rükken, hörten seine Stimme, konnten aber nicht verstehen, was er meinte.

»Was haben Sie denn, Tadlock?« rief ich.

»Es sieht mies aus.«

Ich schaute Suko an. »Wieso?«

»Kommen Sie mal her!«

»Müssen wir achtgeben?«

»Und wie. Wenn ich einen ersten Überschlag mache, dann sieht es böse aus. Es fehlen bestimmt zwölf Schlangen.«

Ich wurde blaß. »Giftig?«

»Und wie.«

Wenig später standen wir bei Tadlock. Er hatte sich bewaffnet. Allerdings nicht mit einem Revolver oder einer Pistole, sondern mit einem Gerät, das er zum Einfangen der Schlangen benötigte. Es besaß einen langen Stiel, an dessen Ende ein Ring aus Metall angebracht war. Ein geschickter Mann konnte damit die Schlangen einfangen.

»Wie ist es dazu gekommen?« fragte ich.

Tadlock hob die Schultern. »Die Erklärung ist einfach, Sir. Jemand hat die Terrarien geöffnet.«

»Und das geht so einfach?«

»Nein, natürlich nicht. Man muß schon den Schlüssel besitzen, um die Schlösser zu lösen.«

»Wer hat ihn denn?« fragte Suko.

»Ich, zum Beispiel.«

»Und wer noch?«

»Der Zoodirektor. Vielleicht auch sein Stellvertreter. Das ist schon alles.«

»Diese Männer sind vertrauenswürdig?«

»Natürlich.«

»Weisen die Terrarien Beschädigungen auf? fragte ich.

»Nein.«

Ich runzelte die Stirn. »Dann muß jemand mit einem Nachschlüssel an den Schlössern gewesen sein.«

Das war die Frage, auf die ich auch keine Antwort wußte. Jeff Tadlock hatte uns berichtet, daß einige Schlangen die Gefängnisse verlassen hatten. Wie viele genau, das konnte er nicht sagen, aber wir konnten uns auf einiges gefaßt machen.

Und nicht nur wir. Auch die übrigen Menschen in der Nähe. Sollten die Tiere ihren Weg in das Nachbarhaus finden, konnte es dort zu einer Panik und zu Toten kommen.

Darüber sprachen wir.

Ich stimmte für eine Räumung.

Tadlock war der gleichen Ansicht, auch Suko nickte, doch wir wollten zuvor noch diese beiden großen Räume im Exotenhaus untersuchen.

Ich will es kurz machen. Wir leuchteten in jede Ecke, von einer befreiten Schlange sahen wir nichts.

Jeff Tadlock schwitzte, als er mit leiser Stimme sagte: »Die haben alle ihren Weg nach draußen gefunden.«

»Aber da ist es kalt. Schlangen suchen doch die Wärme, wenn ich richtig informiert bin.«

»Ja, leider.«

»Und die können sie nur bei Menschen finden«, erklärte Suko. »Ich finde, wir sollten mit der Evakuierung beginnen.«

Der Meinung war ich auch.

Es gab in der Nähe ein Telefon. Tadlock stellte die Verbindung zum Zoodirektor her und übergab mir den Hörer. Der Mann hieß Ed Stone, zeigte sich sofort kooperativ und wollte direkt einen Großalarm starten.

Ich riet ab. Bisher hatten wir nicht die Ursache der Schlangenflucht gefunden, wobei ich mir sicher war, daß man sie in der unmittelbaren Umgebung zu suchen hatte.

Suko bestärkte mich in meinem Vorhaben. Er war kurz draußen gewesen und hatte sich dort umgesehen.

»Keine Schlange zu sehen«, meldete er.

Das sagte ich auch dem Zoodirektor.

Er war zwar nicht beruhigt, aber er wollte dafür sorgen, daß der Zoo erstens geschlossen würde und zweitens die

Angestellten das nebenan liegende Gebäude verließen.

Es dauerte etwa zwanzig Minuten, bis der Bau leer war. Wir schauten dabei zu und lernten auch Stone kennen, der sich persönlich herbemühte. Er war schon älter, trug das graue Haar streng gescheitelt und spielte nervös am Bügel seiner Goldrandbrille.

Ich sprach einige Minuten mit ihm und bat ihn, uns die weiteren Nachforschungen zu überlassen.

»Aber Sie sind Laien!«

»Das stimmt in gewisser Weise. Nur haben wir es meiner Ansicht nach hier nicht mit normalen Schlangen zu tun. Oder nur teilweise.«

»Was denn sonst?«

Das konnte ich ihm schlecht erklären, und ich fand auch keine Ausrede, bat ihn jedoch, es einfach hinzunehmen.

Er nickte: »Wenn Sie es wünschen, bin ich natürlich bereit.«

»Danke, das ist nett.«

Wir wollten Jeff Tadlock allerdings behalten. Er konnte sich um das Einfangen der normalen Schlangen kümmern, während wir die dämonischen jagten.

»Wo fangen wir an?« fragte er.

Ich deutete zu dem Verwaltungsbau hinüber. »Dort müssen wir beginnen. Und zwar mit dem Keller.«

»Verdammt, die Idee ist gut«, gab der Mann zu. »Wie kamen Sie darauf, Sir?«

»Ist es dort nicht am wärmsten?«

»Gut kombiniert, denn da befinden sich die Heizungsräume. Ach so, noch etwas. Unter den freigekommenden Schlangen befinden sich auch zwei besonders gefährliche.«

»Und welche sind das?« fragte Suko.

»Zwei schwarze Mambas!«

*

Wikka scherzte nicht!

Das wußte Mandra Korab. Er hatte sie zwar erst vor kurzem kennengelernt, machte sich jedoch über ihre Gefährlichkeit keinerlei Illusionen. Diese Hexe war mit allen Wassern gewaschen, und was sie versprach, das würde sie auch halten.

»Dein Tod, Inder, ist unsere Garantie, daß sich die Todesgöttin Kali auf unsere Seite schlägt. Ihr Geist wird uns beflügeln, wenn wir dich ihr zum Opfer gemacht haben.« Sie lachte und schüttelte sich gleichzeitig vor Freude.

Mandra war klar, daß ein langes Zögern, seinen Tod bedeuten konnte. Deshalb reagierte er so, wie es seiner Ansicht nach genau richtig war.

Noch hatten sie ihn nicht angegriffen, und noch besaß er seine Hände, denn er war nicht gefesselt.

Und das nutzte er aus.

Bevor Wikka sich versah, schnellten seine Hände durch die freien Räume zwischen den Gitterstäben, und die zehn Finger bekamen die Haare der Hexe zu packen.

Brutal riß Mandra sie zu sich heran.

Wikka schrie vor Wut. Doch ihr Schrei verstummte, als sie mit dem Gesicht gegen das Gitter hieb und die Haut eingedrückt wurde. Bevor sie sich versah, kämpfte Mandra weiter. Es gelang ihm, Wikka herumzudrehen, so daß sie ihm den Rücken zuwandte.

Sein linker Arm kroch an ihrem Körper hoch, erreichte die Kehle und hatte die richtige Stellung gefunden.

Mandra drückte zu.

Er legte seinen Arm um den Hals der Hexe und preßte hart zu, wobei er die rechte Hand ebenfalls durch das Gitter schob undden Hinterkopf zu fassen bekam.

Er drückte dann den Schädel nach vorn und hielt ihn so, wie er ihn haben wollte.

Jetzt lag die ganze Verantwortung bei Jane Collins, denn Mandra hatte seine Pflicht getan, und plötzlich standen seine Chancen auch wieder wesentlich besser.

»Okay«, sagte er zu Jane Collins gewandt. »Nun bin ich am Drücker. Eine falsche Bewegung oder Tat von dir, und ich brechedeiner Chefin das Genick . . .«

*

Das Haus war leer.

Es ist immer ein komisches Gefühl, wenn man ein nicht bewohntes Haus betritt. Man spürt noch, daß hier vor kurzem Menschen gewesen waren, alles roch noch nach ihnen, und vielleicht deshalb empfand ich die Stille besonders bedrückend.

Suko erging es ähnlich. Auch er fühlte sich nicht besonders wohl. Das erkannte ich an seinen Blicken, mit denen er sich sorgfältig umschaute, ob er irgendeinen Feind entdeckte.

Alles blieb ruhig.

Ich atmete tief durch. Auf jedes Geräusch wollte und mußte ich mich konzentrieren. Die Schlangen glitten lautlos über den Boden. Wenn sie sich nicht gerade durch Zischen bemerkbar machten, dann hörten wir überhaupt nichts von ihnen, und sie konnten blitzschnell angreifen.

Das alles gefiel mir nicht.

In der Halle, ungefähr dort, wo uns das Mädchen entgegengekommen war, blieben wir stehen.

»Aufteilen?« fragte Suko.

Ich war dafür.

»Soll ich mit in den Keller gehen?« fragte Jeff Tadlock.

»Was würde Sie daran hindern?«

»Es stimmt zwar, daß sich Schlangen gern an warme Plätze

zurückziehen, und im Keller ist es warm, aber auch in den Büros befinden sich Heizungen, Sir.«

Da hatte er recht. Diesen Aspekt sollte ich auf keinen Fall außer acht lassen.

»Gut, dann schauen Sie sich mal oben um«, erklärte ich, womit Suko ebenfalls einverstanden war. Allerdings kam mir plötzlich eine Idee. Da wir draußen keine Schlangen entdeckt hatten, mußte es ihnen auf einem anderen Weg unter Umständen gelungen sein, in dieses Haus zu gelangen. Ich fragte Jeff Tadlock nach einer Verbindungstür zwischen den beiden Gebäuden.

Er schaute mich für einen Moment groß an. »Verdammt, die gibt es tatsächlich.«

»Im Keller?«

»Ja.«

»Dann kommen Sie mit, Jeff. Es ist das beste.«

Er war einverstanden. Den Weg wußte er. Wir erreichten eine Treppe mit breiten Stufen, die vor einer Tür endete.

»Wie groß ist der Keller?« erkundigte ich mich.

Tadlock winkte ab. »Da können Sie mit einer halben Armee ihre Feste feiern.«

»Und was bewahren Sie dort auf?«

»Alles mögliche. Terrarien, Werkzeug, Fressen, Mäuse, Ratten, Kaninchen. Schlangen haben ja Hunger.«

»Das können wir uns vorstellen.« Ich nickte Tadlock zu. »Dann schließen Sie mal auf.«

»Mach' ich, Sir.«

Suko und ich traten sicherheitshalber einen halben Schritt zurück, als der Mann öffnete. Wir hatten beide unsere Waffen gezogen. Wenn eine Schlange direkt hinter der Tür lauerte und sie unsere Schritte vernommen hatte, wollten wir sofort schußbereitsein.

Die Tür schwang zurück. Sie war ziemlich dick. Das sah mir nach einer Stahlanlage aus.

Dunkelheit. Aber keine Schlangen, die sich daraus lösten. Jeff Tadlock tastete nach rechts. Dort befand sich auch der Lichtschalter an der Wand.

Schon jetzt erkannten wir, welche Ausmaße der Keller besaß. Er war zu einem regelrechten Futterarchiv umfunktioniert worden. Man hatte Wände herausgebrochen, um Platz für große Räume zu schaffen. Und das war ausgezeichnet gelungen.

Ich hatte das Gefühl, inmitten einer großen Zoohandlung zu stehen, die sich auf den Verkauf von Kleintieren spezialisiert hatten. Fehlten nur noch die Vögel, ansonsten war alles vertreten.

Ich sah Ratten, wie sie in ihren Käfigen aufgeregt hin und her huschten, auch Mäuse schrien und quietschten. Kaninchen starrten uns an, und Hamster waren ebenfalls vertreten.

»Das ist Beute für die Schlangen«, sagte Jeff.

»Fällt Ihnen an den Tieren etwas auf? Sind sie anders als sonst?«

»Eigentlich nicht. Die rennen immer aufgeregt umher, denn sie scheinen zu wissen, welches Schicksal ihnen droht.«

Ich blieb vor einem Rattenkäfig stehen. Die Tiere glotzen mich an. Sie waren ziemlich fett und vollgefressen. Diese Viecher würden eine leichte Beute für die Schlangen werden.

Die Käfige waren so aufgebaut, daß man sie mit einem Schachbrettmuster vergleichen konnte. Zwischen ihnen befanden sich Gänge, durch die wir bequem schreiten konnten.

Von den ausgebrochenen Schlangen sahen wir vorerst nichts.

»Die können sich doch nicht in Luft aufgelöst haben«,

schimpfte Jeff Tadlock, der sich neben mir hielt und seine Fangwaffe ausgestreckt hatte. »Das gibt es doch nicht.«

»Wo befindet sich denn die Verbindungstür?« fragte ich.

»Weiter hinten.«

»Vielleicht finden wir sie da.«

»Kann sein.«

Plötzlich stieß Suko einen lauten Ruf aus, der uns herumfahren ließ. »Was ist los?«

»Da, verdammt.« Suko deutete auf eine hohe Kiste, die uns bis zu den Schultern reichte.

Auf der Kiste hockte eine Schlange. Sie schaute zu uns herab. Allerdings nicht mit ihrem Schlangen- sondern mit einem Menschenkopf, der das Gesicht einer Frau zeigte.

Neben mir stöhnte Jeff Tadlock bitter auf. »Das ... das ist sie!« keuchte er.

»Wer?« fragte ich.

»Cynthia Brandon!«

*

Auch das noch!

Suko und ich wurden bleich. Wir hatten wohl beide den gleichen Gedanken. Das durfte nicht wahr sein.

Und doch stimmte es, denn Tadlock mußte sie ja genau kennen. Er hatte mit ihr gearbeitet.

Die Schlange befand sich dicht am Rand und hatte ihren Kopf so vorgestreckt, daß sie über den Rand nach unten und uns anblicken konnte.

Es war schaurig.

Ein kleines, menschliches Gesicht auf einem Schlangenkörper. Ich wurde dabei an einen Fall erinnert, der zu den Schlimmsten gehörte, die ich je erlebt hatte. Als ich gegen

Jason Kongre, den fanatischen Wissenschaftler, kämpfte, hatte ich ähnliches erlebt. Kongre war es gelungen, Kreuzungen zwischen Menschen und Tieren herzustellen. Insekten mit Menschenköpfen.*

Mir war damals so etwas passiert, und Suko hatte mich gerettet. Jetzt wurde ich mit etwas Ähnlichem konfrontiert, und die Erinnerung stieg wieder in mir hoch.

Allerdings zeigte sich für diese Mutation hier eine andere verantwortlich. Wahrscheinlich Wikka oder Kali.

Die Schlange starrte uns an. In dem menschlichen Gesicht hatte sich der Mund geöffnet, die Lippen waren zurückgeschoben worden, so daß die Zunge Platz hatte, hervorzuschnellen.

Sie kam mir vor wie ein dünner, roter, gespaltener Finger, der einmal vor, dann wieder zurückhuschte.

Ich schluckte hart.

Gleichzeitig hob ich die Waffe. Mußte ich dieses Wesen töten? War es giftig? Konnte es sich verständlich machen, reden?

Ich hörte Tadlock schluchzen. Dieser Anblick traf ihn hart. Es ging über seine Kraft, und er mußte sich an einen hohen Käfig lehnen, weil er eine Stütze brauchte.

Ich aber kümmerte mich um die mutierte Schlange.

Ein Grinsen glaubte ich auf dem Gesicht zu erkennen. Irgendwie kam es mir siegessicher vor, als wollte die Schlange sagen, mir kann keiner etwas.

Ich zog das Kreuz hervor.

»Willst du sie töten?« fragte Suko.

Eine Antwort bekam er von mir nicht, denn die Schlange zuckte plötzlich zurück.

*Siehe John Sinclair Nr. 184: »Schlimmer als der Satan«

Gleichzeitig glühte mein Kreuz an der Stelle auf, wo sich die heilige Silbe befand, und im nächsten Moment erwischte es das mutierte Tier voll.

Der Strahl war nicht mehr aufzuhalten. Er hüllte die kleine Gestalt ein, und als ich nachgriff, spürte ich zwischen meinen Fingern den Staub.

Sie war erledigt.

Suko kam herbei. »Tot?« fragte er.

»Ja, das hatte ich nicht gewollt. Verdammt auch!«

»Aber es beweist uns, daß wir auf der richtigen Spur sind«, erklärte mein Partner. »Zwischen diesen beiden Bauten muß es eine Verbindung geben. Tadlock . . .«

Ein Schrei!

Voller Angst und Panik ausgestoßen.

Der Laut riß uns herum, und wir erstarrten ebenfalls zu Salzsäulen, als wir das Schreckliche sahen.

Jeff Tadlock hatte es erwischt.

Unbemerkt hatte sich vom Dach einer Kiste eine pechschwarze Schlange gelöst, die nun auf seiner Schulter hockte und langsam den Kopf nach rechts gegen seinen Hals drehte, wobei sie ihr kleines Maul geöffnet hatte und wir die Zähne sehen konnten.

»Großer Gott!« hauchte Suko. »Weißt du, was da auf der Schulter sitzt, John?«

»Ja, eine schwarze Mamba!«

*

Jeff Tadlock war zu einem Denkmal erstarrt. Er rührte sich nicht, hielt auch den Atem an, und das war das Beste, was er überhaupt tun konnte.

Konnten wir ihn retten.

Beide hielten wir unsere Waffen in den Händen. Wenn wir Jeff Tadlock schaffen sollten, dann ging dies nur mit einer glattgeschossenen Kugel, und sie mußte genau den Kopf der schwarzen Mamba treffen, sonst war Tadlock verloren.

Er schrie längst nicht mehr. Sein Mund allerdings stand offen. Das Gesicht glänzte, denn der Schweiß hatte sich dort abgesetzt. Die Augen waren weit aufgerissen, jeder Muskel schien erstarrt zu sein, aber ich wußte und sah es, daß dieser Mann nichtmehr lange durchhalten würde, denn die Nervenanspannung war zu groß. Er hatte zwar sein Leben lang mit diesen Viechern zu tun gehabt, aber war nie so direkt mit ihnen konfrontiert worden. Seine Waffe nützte ihm nichts. Er hielt den langen Stiel nach wie vor fest umklammert, der metallene Ring stand auf dem Boden.

»Ich kann den Stab nehmen!« wisperte Suko.

»Das Risiko ist noch größer. Wenn die Schlange sieht, daß du dich bewegst, kann sie dies unter Umständen als einen Angriff ansehen.« Ich hatte schnell und leise gesprochen.

Suko gab mir recht. »Ja, verdammt. Also mit der Beretta. Wer schießt? Beide?«

»Laß mich es versuchen.«

»All right, Partner, ich beneide dich wirklich nicht. Viel Glück dabei, John!«

»Kann ich brauchen.«

Der Waffenlauf befand sich natürlich nicht in Schußrichtung. Ich mußte ihn erst noch in die Höhe bringen und genau die Ziellinie einhalten. Dabei durfte ich mich auch nicht zu schnell bewegen . . .

Ich schielte auf Jeff Tadlock.

Noch stand er starr. Er war einfach nicht mehr in der Lage, lange durchzuhalten, das erkannte ich auf den ersten Blick, und deshalb mußte ich mich beeilen.

Suko bewegte sich ebenfalls nicht. Seine Blicke waren starr auf Tadlock fixiert.

Die Zeit schien von einem mächtigen Geist angehalten worden zu sein. Ich kam mir vor wie in einem Vakuum, und es kostete mich eine ungeheuere Überwindung, etwas zu unternehmen.

Aber ich mußte schießen.

Okay, die Ziellinie hatte ich. Wenn nur nicht das verdammte Zittern meiner Hand gewesen wäre.

Und auch Tadlock befand sich am Ende seiner Nervenkraft. Aus dem geöffneten Mund rann der Speichel und versickerte in seinen Bart. Die Blicke drückten Panik aus.

Ich atmete noch einmal tief ein.

Die Schlange hockte auf seiner Schulter und rührte sich nicht. Sie schien zu lauern, zu warten, aber der Blick ihrer kleinen Augen war nach wie vor auf Tadlock fixiert.

Ich schoß.

Verdammt, ich tat es, setzte alles auf eine Karte, denn nur diese eine Chance gab es.

Der Schuß krachte, die Kugel war unheimlich schnell, die Schlange bewegte sich ...

Alles umsonst?

Da zuckte der Körper, wurde herumgerissen, klatschte noch gegen die Wand der Kiste und fiel von dort aus zu Boden.

Ein zuckendes, um sich schlagendes Bündel, das allmählich seinen Geist aufgab.

Tadlock war gerettet.

Ein jämmerliches Schluchzen drang aus seinem Mund, als er es begriffen hatte und Luft holte. In seinen Augen schimmerte es feucht, im nächsten Augenblick rannen Tränen an den Wangen entlang, und trotz seiner Stütze konnte sich

Jeff nicht mehr auf den Beinen halten. Er brach langsam zusammen.

Suko sprang hinzu und schleuderte mit einem Tritt den am Kopf zerfetzten Schlangenkörper zur Seite.

Ich atmete tief durch. Auch meine Beine zitterten. Es war ein Meisterschuß gewesen, aber auch verdammt viel Glück. Jeden Tag wollte ich so etwas nicht erleben.

Mit dem Handrücken mußte ich mir den Schweiß von der Stirn wischen. Der Streß der letzten Minuten hatte mir arg zugesetzt.

Tadlock hockte am Boden. Er sagte etwas, was er wohl selbst nicht verstand, denn er warf seine Worte durcheinander. Zudem schüttelte er immer wieder den Kopf, holte keuchend Luft und übersah auch Sukos ausgestreckte Hand.

Eine schwarze Mamba hatten wir erledigt, aber verdammt noch mal, wie viele dieser Biester hielten sich noch in diesem Keller versteckt.

Ein schriller Schrei ließ uns herumfahren. Diesmal war er nicht von einem Menschen ausgestoßen worden. Ein Tier zeigte sich dafür verantwortlich.

Eine Ratte.

Gar nicht weit von uns entfernt war es einer Schlange gelungen, in einen Rattenkäfig zu schlüpfen. Sie war ziemlich dünn, schillerte grünlich und hatte ihre Zähne in das Fell einer Ratte gehackt, die nicht mehr entwischen konnte.

Die anderen Ratten hatten sich verkrochen. Auch sie schrien in seltsamen Tönen.

Ich konnte es einfach nicht mehr mit ansehen, zog meinen Dolch und zerteilte die Schlange.

Vor meinen Fußspitzen klatschte die hintere Hälfte des Tiers zu Boden. Dort zuckte sie noch, danach lag sie still.

Das war's also.

Suko kam zu mir und meinte: »Eigentlich ist es Wahnsinn, wenn wir Tadlock hier unten lassen. Wir schicken ihn wieder hoch.«

Mit diesem Vorschlag war ich einverstanden und hochzufrieden. Wir fragten auch Tadlock.

Er hatte sich einigermaßen erholt, schaute aus seiner sitzenden Stellung in unsere Gesichter und schüttelte den Kopf. »Nein, ich muß doch dabeisein ...«

»Unsinn, das machen wir.«

»Aber ich ...«

»Sie werden nach oben gehen und dort auf uns warten. Sagen Sie uns nur, wo wir die Verbindungstür zu dem anderen Gebäude finden.«

»Das ist zu gefährlich. Ich arlamiere den Trupp!«

»Nein, Mr. Tadlock, das werden Sie nicht tun. Wir allein müssen mit der Brut fertig werden.«

»Wie denn?«

»Lassen Sie das unsere Sorge sein«, erklärte ich. »Nicht alle Schlangen sind normale Tiere. Die meisten, so hoffe ich, werden beeinflußt worden sein. Also, wo befindet sich die Tür?«

Jeff Tadlock stemmte sich auf die Füße und deutete nach vorn. »Sie brauchen nur hier weiterzugehen, dann klappt alles. Das Ding können Sie nicht verfehlen.«

»Danke.«

Er schaute uns noch einmal an, hob die Schultern, drehte sich um und ging schwankend davon.

Wir schauten ihm so lange nach, bis er die Treppe hinter sich gelassen hatte.

Dann hörten wir das Rasseln.

Eine Klapperschlange mußte in der Nähe lauern, aber wir konnten sie nicht entdecken.

»Sollen wir suchen?« fragte Suko.

»Nein, weiter. Vielleicht läuft sie uns über den Weg.« Ich sprach die Worte so lässig dahin, tatsächlich aber spürte ich ein drückendes Gefühl im Magen.

Der Biß einer Klapperschlange ist tödlich ...

Je weiter wir uns von der Stelle entfernten, um so mehr schwächte sich das Geräusch ab.

Auch die hohen Kisten verschwanden. Wir gerieten in den Teil des Kellers, wo sich das Werkzeug befand.

Schaufeln, Hacken, Hämmer, Zangen.

Und wir sahen die Tür.

Sie hing in zwei Angeln, die außen angebracht waren. Das war nicht das Entscheidende.

Deutlich war der Spalt zwischen Tür und Mauer zu erkennen. Sie stand also offen.

Wir hatten einen freien Durchgang zum Keller des Nachbarhauses ...

*

Bisher hatte Jane Collins nur höhnisch gegrinst. Nach Mandra Korabs Attacke jedoch war alles anders geworden. Auf einmal wußte sie genau, daß dieser Mensch nicht scherzte, denn zuviel hatte man ihm angetan. Er würde sich schrecklich rächen.

Was sollte Jane tun?

Sie bannte ihren Blick nach vorn, hielt ihn dabei auf ihre große Meisterin Wikka gerichtet und sah deren verzerrtes Gesicht. Auch die Schlangen an ihrer Stirn rührten sich nicht. Es mußte sehr ernst sein, denn Mandra hatte seinen Griff so angesetzt, daß er die Arme nur ein wenig nach vorn zu drükken brauchte, um seinen Vorsatz in die Tat umzusetzen.

Er würde ihr das Genick brechen!

Janes Gesichtszüge zerflossen. Sehr deutlich spiegelten sich darin Wut, Zorn und Überraschung wider. Denn mit dieser Umkehrung hatte sie nicht gerechnet. Wenn die kleinen Schlangen mit den Menschenköpfen angriffen, würde Mandra Korab das sehen und entsprechend handeln, denn er hatte nichts mehr zu verlieren.

Wikka mußte gerettet werden. Sie hatte so große Pläne, sie wollte die Union der Hexen und sich zu der großen Herrscherin aufschwingen, deshalb mußte sie überleben!

So gespannt die Lage auch war, Jane reagierte nicht panikartig sondern dachte klar und nüchtern.

Ihr fiel ein, daß sich Mandra Korab trotz allem ein Kukkucksei ins Nest gelegt hatte.

Es war Kalis Schlange, die zusammengeringelt am Boden lag und vielleicht einen Angriff starten konnte. Sie mußte nur die richtige Gelegenheit abwarten.

»Überleg nicht zu lange!« zischte Mandra Korab. »Ich will hier nicht anwachsen.«

»Nein, nein, ich verstehe schon. Was soll ich tun? Was willst du also?«

»Hier raus!«

»Das habe ich mir gedacht.«

»Schließ den verdammten Käfig auf!«

Jane Collins schüttelte den Kopf. »Das, Inder, kann ich leider nicht.«

Mandra blieb ganz ruhig, als er fragte: »Dann willst du also, daß deine Meisterin stirbt?«

»Nein.«

»Dann nimm den Schlüssel.«

»Ich hab' ihn nicht, sondern Wikka!«

War das ein Bluff? Eine Tatsache? Mandra Korab wußte es nicht. Obwohl er sich vom äußeren Bild her im Vorteil befand, mußte er den Worten der ehemaligen Detektivin Glauben schenken.

Jane schaute ihn an. Sie lächelte dabei, und Mandra fragte sich, ob sie ihn leimen wollte.

Dieses Lächeln war kalt, hintergründig, auf keinen Fall echt. Sie wirkte so, als wüßte sie mehr, was sie aber Mandra gegenüber auf keinen Fall zugeben wollte.

Die Lage stand unentschieden. Keiner wußte so recht, wie es weitergehen sollte. Jane wollte Wikka nicht opfern, sie hatte aber auch nicht vor, Mandra so einfach freien Abzug zu gewähren.

Wohin schlug das Pendel?

»Also Wikka hat den Schlüssel zu meinem Käfig!« stellte Mandra Korab noch einmal fest.

»Genau!«

»Wo hat sie ihn versteckt?«

»Nicht versteckt, sie trägt ihn an ihrem Körper. In einer Tasche, du kannst ihn dir holen.«

Mandra wußte, was hinter diesen Worten steckte. Wenn er den Schlüssel holte, mußte er seinen so hart angelegten Griff zwangsläufig lockern, so daß es Wikka gelingen konnte, sich zu befreien. Darauf fiel er nicht rein. Jane Collins mußte sich schon etwas anderes einfallen lassen.

An die äußeren Umstände hatte er sich mittlerweile gewöhnt. Der Keller hatte für ihn seinen ersten Schrecken verloren, obwohl noch immer die brennenden Kerzen den Raum mit ihrem unheimlichen Schein ausleuchteten und die Schlangen dadurch ein noch schaurigeres Aussehen bekamen.

Besonders die mit den Menschenköpfen. Sie rührten sich nicht, schienen erstarrt zu sein, und sie hielten dabei ihre Köpfe so hoch, daß sie Mandra Korab anschauen konnten.

Der Inder strich die stumme Gefahr einfach aus seinem Gedächnis. Er wollte aus diesem Käfig, und dafür wollte er alles einsetzen, was ihm zur Verfügung stand.

»Komm her, Jane Collins!« flüsterte er. »Los, her zu mir! Ich werde dir beweisen, wie es geht!«

Das Gesicht der ehemaligen Detektivin verdunkelte sich, als ein Schatten auf die Haut fiel, da sie sich zur Seite bewegt hatte. Sie wollte nicht so recht, doch Mandra Korab ließ ihr keine andere Chance. Es ging jetzt um seinen Kopf, und da durfte er keine Rücksichten auf andere nehmen.

»Na los«, zischte er. »Ich warte nicht mehr viel länger, dann töte ich deine Meisterin.«

»Du kannst sie gar nicht umbringen!« zischte Jane.

»Bist du dir da so sicher?«

Das war sie eben nicht. So gut kannte sie Wikka nicht. Es bestand durchaus die Möglichkeit, daß ihre Meisterin durch einen Genickbruch zu töten war, und dieses Risiko wollte sie auf keinen Fall eingehen.

Deshalb ging sie und kam dem Befehl des Inders zähneknirschend nach.

Mandra atmete auf. Eine weitere große Hürde hatte er genommen. Für einen Moment spielte ein Lächeln um seine Lippen. Es zeigte Erleichterung. Auch Mandra war kein Roboter, sondern ein Mensch, der wie alle anderen auch Gefühle hatte.

Jane trat auf keine der Schlangen. Als die Tiere merkten, daß sich ihnen jemand näherte, da lösten sie sich aus ihrer scheinbaren Erstarrung und wichen zur Seite.

Die Detektivin bekam freie Bahn.

»Schneller, schlaf nicht ein, Jane Collins!« befahl Mandra, der allmählich Oberwasser bekommen hatte.

»Keine Bange!« Jane blieb neben Wikka stehen.

Die Oberhexe konnte sich nicht rühren. Wie eine hölzerne Puppe hing sie in Mandra Korabs Griff. Kopf und Rumpf waren nach vorne gebeugt. Ihre Arme standen vom Körper ab, die Hände hatte sie geöffnet, und die langen Fingernägel sahen aus wie kleine Spitzen, die allesamt zu Boden wiesen.

»Wo hat sie den Schlüssel?« fragte Mandra.

»In der Kleidung.«

»Dann nimm ihn, verdammt!«

Jane streckte die Hände vor. Nur die Gitterstäbe und Wikkas Körperbreite trennten Mandra Korab von der ehemaligen Detektivin, die kein Wort sagte, sondern den Inder stur anschaute. Ihr Blick fraß sich in seinem Gesicht fest. Mandra erkannte darin den Willen, daß sie nicht aufgeben würde. Für Jane Collins war der Fall noch längst nicht abgeschlossen.

Sie würde weitermachen.

Ihre Hände zupften an der Kleidung der Oberhexe, fanden eine Lücke und fuhren hinein.

Mandra schielte nach unten. Der Stoff des Kleides bewegte sich dort, wo Jane Collins suchte. Und sie ließ sich Zeit, was dem Gefangenen überhaupt nicht gefiel.

»Beeil dich!«

»Ich kann den Schlüssel so schnell nicht finden!« Jane schaute dem Inder ins Gesicht.

»Du lügst!«

»Nein, ich . . .«

»Mach weiter, verdammt!«

»Ich habe ihn!« sagte sie plötzlich und hielt für einen Moment in den Bewegungen inne.

»Zeig her!«

Jane zog ihre rechte Hand zurück. Zwischen den Fingern befand sich tatsächlich ein kleiner Schlüssel, der genau in das Zylinderschloß am Käfig passen mußte. Er schimmerte silbrig und bekam manchmal einen roten Schleier, als er vom flackernden Licht der Kerzen gestreift wurde.

»Und jetzt schließ auf!« befahl Mandra Korab. »Aber keine Tricks, Jane Collins. Ich halte deine Herrin so lange fest, und ich werde ihr die Knochen brechen, wenn du nicht genau das tust, was ich dir sage. Hast du verstanden?«

»Sicher!«

Jane zog die Hand zurück und wandte sich gleichzeitig nach links. Sie mußte um den Käfig herum, denn die kleine Tür befand sich an der anderen Seite.

Mandra ließ Jane gehen. Selbst konnte er sich kaum bewegen. Wenn er seine Haltung änderte, wäre es der Oberhexe unter Umständen gelungen, sich aus dem Griff zu befreien.

Mandra Korab besaß am Rücken leider keine Augen. So mußte er abwarten, was geschah, und er hoffte nur, daß Jane Collins vernünftig genug war und keine Dummheiten versuchte.

Er lauschte ihren Schritten nach. Manchmal wurden sie auch von einem Zischen überklungen, das irgendeine der Schlangen wütend ausstieß. Dies wiederum bewies dem Inder, daß auch die Schlangen noch nicht aus dem Spiel waren.

Sie mischten nach wie vor mit, lagen momentan nur in Lauerstellung und warteten auf den Befehl. Mandra dachte auch an seine Todfeindin, die Göttin Kali. Bisher hatte sie sich zurückgehalten. Ihr unheilvoller Geist war sicherlich innerhalb dieses schaurigen Kellers gefangen, aber er hatte bisher noch nicht in die Auseinandersetzung mit eingegriffen.

Mandra hörte ein schleifendes Geräusch. Er wußte genau, was es zu bedeuten hatte.

Der flache Schlüssel war in das Schloß geschoben worden.

Der Inder atmete auf. Jetzt war es soweit. In wenigen

Sekunden würde die Tür des Käfigs offen sein, wobei sich dann ein neues Problem stellte.

Die Tür war sehr niedrig. Um den Käfig verlassen zu können, mußte Mandra Korab sogar kriechen. Und darin lag das Risiko. Konnte er während dieser Bewegung seine Geisel noch festhalten? Er konnte kaum daran glauben.

»Es ist offen«, meldete Jane.

»Ich weiß.« Mandra schluckte. »Du kannst der Schlange befehlen, daß sie den Käfig verlassen soll!«

Da lachte die ehemalige Detektivin. »Ich soll ihr das sagen?«

»Ja.«

»Das kann ich nicht, nur Kali ist dazu in der Lage!«

»Lüge!« zischte Mandra. Er bewegte sich dabei ein wenig nach rechts, wobei er seine Geisel außen am Käfig entlangzog. Damit hatte er sich einen besseren Blickwinkel verschafft. Er konnte Jane Collins sehen, die zurückgetreten war und schräg nach unten schaute, wo die Tür des Käfigs offenstand.

Wenn er sich jetzt noch weiterbewegen wollte, mußte er die Oberhexe für einen Augenblick loslassen, da er anschließend seine Hand durch die nächsten Gitterstäbe schieben mußte.

Eine sehr vertrackte Lage, in der sich der Inder trotz allem befand. Und er riskierte es.

Plötzlich ließ er Wikka los, die sofort reagierte und wegschnellen wollte.

Da hatte Mandra bereits nachgegriffen. Jane Collins schrie auf, wollte ihre Waffe ziehen, als Mandra die Oberhexe wieder gepackt hielt und hart gegen die Käfigstangen drückte.

»Das war's«, sagte er mit keuchender Stimme. »Glaubt nur nicht, daß ich so leicht aufgebe.«

»Es wird dir nichts anderes übrigbleiben«, erklärte Jane mit ruhiger Stimme.

»Abwarten!«

Kaum hatte Mandra Korab dieses eine Wort gesagt, als er hinter sich das Schaben hörte.

Er kannte das Geräusch schon. Es entstand dann, wenn sich die große Schlange bewegte. Bisher hatte sie ruhig gelegen, nun aber erwachte sie aus der Lethargie.

Das Herz des Inders klopfte schneller. Er konnte nicht erkennen, was die Schlange vorhatte. Es gab zwei Möglichkeiten. Entweder griff sie an, oder sie verließ den Käfig, worauf Mandra hoffte.

Er riskierte einen schnellen Blick über die Schulter. Nur ein wenig brauchte er den Kopf zu drehen, um die Schlange erkennen zu können. Ihr gewaltiger Körper befand sich in Bewegung. Er schlängelte sich auf den Ausgang zu.

Mandra atmete auf.

Im selben Augenblick jedoch zuckte er zusammen, denn der Käfig bekam plötzlich einen gewaltigen Schlag ab, der ihn förmlich durchschüttelte.

Das konnte nur eine gewesen sein:

Kali, die Todesgöttin!

*

Wir brauchten erst gar nicht lange zu gehen, um die Gefahr zu erkennen. Nach ein paar Schritten war uns bereits klar, daß wir in einer Falle steckten.

In dem vor uns liegenden Gang wimmelte es von Schlangen. Und das waren keine dämonischen, sondern die aus den Terrarien befreiten Biester.

Wir konnten sie deshalb so gut erkennen, weil wir hinter

uns die Tür noch nicht geschlossen hatten und sie so weit aufstand, daß sie fast mit der Klinke die Wand berührte.

Dadurch fiel eine große Lichtfülle in den vor uns liegenden Gang. Genau zeichneten sich die Umrisse der Tiere ab.

Ich bin kein Reptilien-Experte und kenne mich mit Schlangen nicht aus. Ich wußte nicht, welche nun giftig waren und welche nicht, aber gefährlich wirkten sie alle.

»Da sind sie ja!« stöhnte Suko und hielt die Tür auf, so daß wir noch genügend Licht bekamen.

Ich nickte und holte meine Lampe hervor. Leider standen uns nur zwei Bleistiftleuchten zur Verfügung, wir waren für einen längeren Trip durch finstere Gänge nicht ausgerüstet.

Beide schalteten wir sie ein, und Suko ließ die Tür allmählich zufallen. Die Helligkeit nahm in dem Maße ab, wie die Tür langsam wieder zuschwang. Schließlich kam nur noch durch einen schmalen Spalt Licht.

Es war für uns unmöglich, die Schlangen zu zählen, da sie sich nicht in einer Reihe fortbewegten, sondern ein regelrechtes Knäuel bildeten. Seltsamerweise nahmen sie von uns keine Notiz. Sie ließen sich nicht beirren und wandten sich ihrem eigentlichen Ziel zu.

Wo lag es?

Und was konnten wir dort finden?

Vorsichtig bewegten sich Suko und ich weiter. Keiner von uns wußte, wer den Verbindungsgang geschaffen hatte. Auf jeden Fall hatte man ihn nachträglich gebaut, denn er war ringsherum ausbetoniert worden. Nichts wies Spalten oder Risse auf, die den gefährlichen Schlangen eventuell als Versteck hätte dienen können.

Wir konnten uns relativ unbesorgt voran bewegen und mußten nur die Tiere im Auge behalten.

Ich wunderte mich über die Länge des Ganges. Ich hatte

ihn mir kürzer vorgestellt, und als ich über die Schlangen hinwegleuchtete, da sah ich nur schwach das Ende des Stollens.

Der Lampenstrahl fand ein Ziel, auf dem er einen kleinen Kreis hinterließ, der mich an ein helles Auge erinnerte.

Dort war eine Tür.

»Von einem Keller in den anderen«, meinte Suko und schüttelte den Kopf.

Ich war da skeptischer. »Erst einmal abwarten, ob wir in einem Keller landen.«

»Wo sonst?«

»Vielleicht gibt es dort ein Dimensionstor oder irgend etwas in der Richtung.«

Suko pfiff durch die Zähne. »Du hast aber Vorstellungen.«

»Ja, gebranntes Kind scheut das Feuer.«

Die Schlangen hatten sich vor der Tür versammelt. Wir konnten es genau erkennen, da sich die Distanz zwischen ihnen und uns stark verringert hatte.

Allerdings verließen sie den Gang nicht, was uns doch ein wenig wunderte. Sie blieben vor der Tür.

»Die ist doch offen«, sagte Suko. Er bewegte seine rechte Hand. Der helle Finger fand das Ziel, ich verstärkte es noch durch meine Lampe, und wir sahen beide, daß sich die Schlangen vor dem offenen Türspalt drängten.

»Die wollen durch.«

Sukos Kommentar wurde gleich darauf bestätigt, denn die ersten Tiere verließen den Gang. Sie schlängelten sich durch den Spalt in den unbekannten Raum, der hinter der Tür lag.

Wir waren beide stehengeblieben. Ich sah, daß Suko den Kopf schüttelte.

»Was hast du?«

»Weißt du, John, ich frage mich, weshalb die Schlangen nicht direkt in dem Bau geblieben sind, wo die zahlreichen

Terrarien stehen, und erst den Umweg in Kauf nahmen?«

Eine genaue Antwort konnte ich nicht geben, sondern nur eine Vermutung anstellen. »Sie haben vielleicht Opfer gesucht. In dem Exotenhaus fanden sie sie nicht. Deshalb wollten sie zu den Menschen. Wir müssen sie gestört haben.«

»Das kann stimmen.«

Die Schlangen verschwanden nacheinander. Sie benahmen sich sogar ziemlich diszipliniert. Der Reihe nach glitten sie durch den Türspalt und verließen den Gang.

Natürlich hätten wir schießen und uns auf einen Kampf mit ihnen einlassen können, aber so etwas hätte nicht viel gebracht. Zudem hätten unsere Gegner die Schüsse gehört und unser Kommen bemerkt, und das wollten wir möglichst lange geheimhalten.

Dann verschwand die letzte Schlange. Es sah seltsam aus. Sie schien vor unseren Augen vom Boden verschluckt zu werden. Wir bekamen sie, wie auch die anderen, nicht mehr zu Gesicht.

»Bin mal gespannt, wo die uns hinführen«, flüsterte Suko.

»Bestimmt nicht ins Freudenhaus.«

»Woran du wieder denkst.«

Ich hob die Schultern. »So verdränge ich eben meine innerliche Spannung.«

Aufgeregt waren wir beide. Hinter der Tür konnte sich eine Hölle auftun, und ich schüttelte mich, wenn ich daran dachte. Meine Gedanken kehrten zu Kali zurück.

Wenn ich daran dachte, wie gefährlich die unheimliche Statue gewesen war, wurde mir ganz anders.

»Sollen wir es wagen?« Soko stellte die Frage, sah mein Nikken und war auch als erster an der Tür. Seine Hand umfaßte den Griff, dann zog er die Tür langsam auf.

Dahinter war es dunkel.

Suko leuchtete mit der Lampe, ich schaute meinem Freund über die Schulter und sah in einen Keller hinein. Mit dem zu vergleichen, wie man ihn auch in alten Wohnungen sieht.

Feucht und muffig.

Innerhalb dieses Kellers mußte auch unser Ziel liegen. Wo das war, würden uns die Schlangen zeigen, von denen wir erst einmal nichts entdeckten.

Allerdings hörten wir sie.

Das Zischen und Schaben wies uns den Weg. Wir schlüpften durch die Tür und fanden uns in einem Keller wieder, der sehr alt sein mußte. Da war nichts betoniert. Dicke, rohe Wände. Steine, die aufeinanderlagen, Verliese mit Lattentüren abgetrennt, eine niedrige Decke und dazu der alte muffige Geruch, denn die Luft hier unten war ziemlich verbraucht.

Wir versuchten, so wenig Geräusche wie möglich zu verursachen. Jeder Schritt war genau berechnet. Irgendwo lauerte die Gefahr. Ich bemerkte sie, ich roch sie förmlich, allerdings konnte ich sie nicht fassen, denn ich wußte nicht, wo sie sich befand.

Als ich stehenblieb, stoppte auch Suko seinen Schritt. Es war so düster, daß unsere Lampen uns kaum halfen. Kalt rieselte es meinen Rücken hinab. Von den Schlangen sahen wir auch nichts.

»Die können sich doch nicht in Luft aufgelöst haben«, hauchte Suko und schüttelte den Kopf.

»Nein, das nicht.«

Ich hatte mein Kreuz nicht wieder versteckt. Es hing außen vor meiner Brust, und ich sah mit Staunen, daß sich etwas verändert hatte.

Die heilige Silbe Indiens schimmerte in einem leichten grünen Farbton.

Kali war in der Nähe.

»Wir müssen sie nur noch finden«, meinte Suko, der einen ähnlichen Gedankengang gehabt hatte wie ich. »Los, Alter, suchen wir weiter. Die kriegen wir schon.«

Wir gingen tiefer in den Keller.

Mit jedem Schritt wuchs auch die Bedrohung. Wir näherten uns der Quelle, aber wir konnten noch nicht herausfinden, wo sie sich genau befand.

Suko entdeckte den schmalen Gang. Er blieb plötzlich stehen und leuchtete hinein. Beide waren wir überrascht, als im Schein der Bleistiftleuchte die dünne Schlange auftauchte, die sich über den Boden bewegte und ziemlich schnell auf eine geschlossene Holztür zuglitt.

Trotzdem konnte die Schlange es schaffen. Zwischen dem Ende der Tür und dem Boden befand sich ein Spalt, der so groß war, daß eine Schlange hindurchgleiten konnte.

Da waren sie also verschwunden.

»Nun denn«, sagte Suko und schielte auf seine Dämonenpeitsche. »Ich bin mal gespannt, wer uns hinter der Tür begrüßt.«

»Sicherlich kein Freund von dir.«

»Das glaube ich auch.«

»Während dieser Worte hatten wir die trennende Distanz überwunden. Und wir hörten Geräusche.

Seltsame Laute, auch Stimmen. Eine kannte ich sogar.

Sie gehörte Jane!

Jetzt hielt uns nichts mehr.

*

Sie war nur ein Denkmal, ein Gebilde aus Stein. Bewegungsunfähig. Wer das jedoch glaubte, unterlag einem tödlichen Irrtum. Wenn der Geist der Göttin Kali einmal beschworen war, dann schaffte er es, tote Materie wieder zum Leben zu erwecken, ihr selbst Bewegung und Leben einzuhauchen, und so geschah es auch in den nächsten Augenblikken, die Mandra Korab erleben mußte.

Den Schlag gegen den Käfig hatte Kali geführt.

Mandra Korab war von diesem Angriff so überrascht worden, daß er Wikka nicht mehr richtig festhalten konnte. Die Oberhexe nutzte ihre Chance sofort aus.

Sie drehte einmal ihren Körper und entwand sich dem Griff des Inders. Im nächsten Augenblick war sie frei.

Schrecklich schrie sie auf, die Schlangen an ihrer Stirn bewegten sich zuckend. Ihr Gesicht verzerrte sich, sie stieß die Arme vor und spreizte gleichzeitig die Hände, wobei sie auf das Gesicht des Inders zielte.

Mandra Korab wandte den Kopf blitzschnell zur Seite, und die spitzen Nägel verfehlten ihn.

Mandra hielt sich mit Wikka keine Sekunde länger auf. Die Tür stand offen, er wollte so rasch wie möglich entwischen, bevor sich die Lage zu sehr zu seinen Ungunsten veränderte. Der Inder tauchte zu Boden. Er mußte kriechen, wenn er aus dem Käfig wollte.

Aber da war nicht nur die Todesgöttin Kali, die auf ihn lauerter, auch die zahlreichen Schlangen mit den Menschenköpfen, hielten ihren Ring um den Käfig geschlossen.

Als Mandra seinen Kopf durch den Türspalt steckte, war er für sie eine willkommende Beute.

Sofort rotteten sie sich zusammen. Sie bewegten sich in seine Richtung, und er sah ihre kleinen, häßlich wirkenden Gesichter dicht vor seinen Augen.

Dabei konnte man Angst bekommen.

Es pendelten die Köpfe, sie drangen einmal auf ihn zu, huschten danach wieder weg, kamen zurück, er sah ihre Zungen, die bösen Augen und spielte mit dem Gedanken, wieder zurück in den Käfig zu schlüpfen, wo er sich in einer relativen Sicherheit befand.

Er tat es nicht.

Mandra hatte sich einmal zu einem Ausbruch entschlossen. Wenn er schon starb, dann kämpfend.

Er mußte sich selbst überwinden, um gegen die Menschenkopfschlangen anzugehen. Dann hielt ihn nichts mehr, und er schlug mit beiden Händen zu.

Mandra hatte sie nicht zu Fäusten geballt, sondern drosch die flachen Handteller gegen die menschlichen Köpfe der Schlangen, wobei er bei einigen Gegnern Erfolge erzielte. Die mutierten Wesen wurden zurückgeschleudert. Nicht eine biß zu.

Das wunderte Mandra. Er nahm sich nicht die Zeit, darüber nachzudenken, denn die Schlangen hatten vor ihm einen so großen Platz geschaffen, daß Mandra durch die Lücke stoßen konnte.

Er zog die Beine an, gab sich selbst Schwung, drehte sich einmal auf dem Boden und hatte den Käfig endgültig hinter sich gelassen.

Mandra wollte hochspringen. Sich kämpfend den Weg freizuschaufeln, dazu hatte er sich entschlossen, und das wollte er unter allen Umständen auch durchhalten.

Jane Collins hatte etwas dagegen. Wikka natürlich auch, aber sie schickte Jane vor.

Mit zwei Schritten stand sie neben dem Inder. Sie hatte sich sogar Zeit lassen können und ihre Pistole gezogen. Als Mandra Korab aufstehen wollte, bückte sich die ehemalige Detektivin, und der Inder spürte plötzlich einen Druck an seiner Wange.

Es war die Mündung einer Waffe!

Zu sagen brauchte Jane Collins nichts. Auch Mandra Korab gab keinen Kommentar ab. Die an seiner Schläfe drükkende Mündung sagte ihm genug.

»Du kommst nicht weg!« hauchte Jane nach einer Weile und begann schrill zu kichern.

Mandra schwieg. Er beobachtete nur. Die Schlangen mit den menschlichen Gesichtern hatten den Ring wieder eng gezogen. Für Mandra gab es da kein Durchkommen. Wenn er es versuchte, würden die Tiere sicherlich nicht so harmlos reagieren wie beim erstenmal.

Deshalb blieb er ruhig.

Und Jane fragte zu ihrer Meisterin Wikka gewandt: »Soll ich ihn erschießen?«

Die Oberhexe zögerte absichtlich mit der Antwort. Sie wollte an Mandras Nervenkostüm zerren. Bevor sie die Antwort schließlich gab, fing sie noch an zu lachen.

»Nein, du läßt die Kugel im Magazin. Er gehört nicht uns, ich habe ihn Kali versprochen. Sie wird ihn mit in ihre Schlangengrube nehmen. Los, Inder, steh auf!«

Mandra bewegte sich ächzend zur Seite und drückte sich in die Höhe. Er sah ziemlich ramponiert aus. Die Auseinandersetzung im Keller hatte in angestrengt. Sein wohlfein um den Kopf geschlungener Turban war verrutscht, die Haut im Gesicht an einigen Stellen vom rauhen Boden aufgeschürft. Blut bedeckte die Wangen des Asiaten.

Jane war zurückgetreten. Sie hielt eine schußsichere Distanz genau ein. Die Mündung ihrer Waffe wies auf die breite Brust des Mannes, und sie zitterte um keinen Deut.

Die ehemalige Detektivin stand genau richtig. Die Entfernung war zu groß, um sie anspringen zu können, eine Kugel wäre immer schneller gewesen.

Mandra wurde zum Denkmal. In seinem Gesicht lebten

nur die Augen. Er konnte quer durch den vom Kerzenlicht erhellten Raum schauen und blickte auf die Tür, wo sich etwas tat.

Da sich zwischen ihrem unteren Ende und dem Boden ein Spalt befand, gelang es zahlreichen Schlangen, sich durch den Spalt zu drücken und in das Verlies einzudringen.

Normale Schlangen!

Mandra sah sie mit Schrecken. Einige von ihnen kannte er aus seiner Heimat. Er identifizierte sie trotz der bescheidenen Lichtverhältnisse, und er wußte auch, daß die meisten Tiere sehr giftig waren.

Bereitete man sein Ende vor?

Wikka hatte die Schlangen ebenfalls gesehen. »Sie werden Kali in die Schlangengrube begleiten«, sprach sie und nickte Jane Collins zu, die das Zeichen verstanden hatte und es sofort weitergab.

»Geh zurück, Inder!«

Die Pistole in ihrer rechten Hand war Aufforderung genug. Mandra mußte gehorchen.

Er hatte die Arme ein wenig vom Körper abgespreizt, atmete nur durch die Nase und stellte fest, daß er sich rückwärts gehend auf die Todesgöttin Kali zubewegte.

»Stopp!« Janes Befehl ließ ihn innehalten.

Mandra verhielt seinen Schritt. Er schaute Jane an und sah das Lächeln auf ihrem Gesicht.

Die neu angekommenen Schlangen hatten inzwischen die Hälfte des Raumes durchquert. nicht mehr lange, dann würden sie bei ihm sein.

Vor ihm lauerte zwar die Gefahr und näherte sich auch immer schneller, doch attakiert wurde der Inder von hinten.

Kali griff ein.

Vier Arme besaß sie. Ihr unheilvoller Geist steckte in der

Figur, hatte ihr ein schwarzmagisches, schlimmes Leben eingehaucht, und das nutzte sie aus.

Zwei ihrer Arme fielen nach unten.

Mandra sah es nicht. Er bekam nur die Wirkung zu spüren, als die Hände mit den blutroten Flächen auf seine Schultern schlugen, wobei sie links und rechts zugriffen.

Es waren die Griffe von gnadenlosen Klauen. Da wühlten sich die Pranken durch die Kleidung des Mannes, sie drückten in sein Fleisch, Mandra wurde nach hinten gerissen und konnte nichts dagegen tun, als die Klauen ihn auf Kali zuzogen.

Jane lachte, Mandra wollte kämpfen, doch Kali besaß nicht nur zwei, sondern vier Arme.

Und die beiden letzten schnappten abermals zu.

Sie allerdings berührten nicht mehr die Schultern des Inders, sondern schlangen sich um seine Hüften.

Mandra war gefangen.

Er selbst schien zu Stein geworden zu sein, als er im Griff der Todesgöttin hing. Wieder wurde er an die Schlange erinnert, die ihn im Käfig umfangen hatte.

Daß sie noch weiterhin auf der Lauer lag, bewies sie in den nächsten Augenblicken.

Bisher hatte sie zusammengerollt dagelegen. Nun bewegte sie sich und glitt auf Mandra Korab zu.

Der Inder hätte gezittert, aber die Arme der Todesgöttin hielten ihn so hart fest, daß ihm selbst das nicht möglich war. Er hing starr im Griff der Todesgöttin.

Jetzt erst gab Mandra zu, daß er verloren hatte. Sein Kampfeswille war gebrochen, die Gegner hielten alle Trümpfe in der Hand. Die Falle, schon auf dem Flughafen aufgebaut, war voll zugeschnappt.

Mandra konnte nicht mehr heraus.

Wikka und Jane Collins hatten ihren Triumph. Er brauchte nur das Lächeln auf ihren Gesichtern zu sehen, und die Oberhexe verbeugte sich vor der Todesgöttin.

»Mächtige Kali«, sagte sie. »Ich habe ihn dir versprochen, und du hast ihn bekommen. Halte du auch dein Wort. Gib mir die Macht über die Schlangen mit den Menschenköpfen.«

Wikka ließ ihre Worte verklingen und wartete auf eine Reaktion der Todesgöttin.

Die kam auch.

Plötzlich bewegten sich die Augen in dem Gesicht. Sie rotierten und wurden zu regelrechten Feuerrädern. Glühende Kreise wirbelten in den Höhlen, und plötzlich löste sich ein roter Schein aus den Augen der Statue.

Er traf die mutierten Schlangen, übergoß sie mit einem magischen Schleier, so daß die Leiber zuckten, die Köpfe noch stärker pendelten und sich Wikka zuwandten.

Das war der Blick.

Das war auch das Zeichen.

Kali hatte die mutierten Wesen an Wikka, die Oberhexe übergeben. Sie trat sie ab, als Gegenleistung für Mandra Korab.

»Dann nimm ihn mit!« schrie Wikka. »Nimm ihn mit in deine Schlangengrube!«

Als hätte es nur dieses einen Befehls bedurft, sofort bewegte sich der Boden unter der Todesgöttin. Zuerst ging ein Ruck durch die Gestalt der unheimlich anzusehenden Figur, dann sank sie zusammen mit Mandra Korab allmählich in die Tiefe.

»Wir haben es geschafft!« rief Jane Collins. »Wir haben es geschafft, Kali hat sich auf unsere Seite gestellt. Die Frauen, die zu uns kamen, wurden von ihr als Opfer angenommen!«

Sie schaute ihre Meisterin scharf an. »Was sagst du dazu?«

»So hat es sein müssen!« erklärte Wikka. »Und es gab keine andere Möglichkeit. Unser Zauber mußte einfach wirken.« Sie schauten beide zu, wie die Todesgöttin mit ihrem Opfer immer weiter in die Tiefe sank und die normalen Schlangen folgten.

Sie hatten das große Loch am Boden erreicht und ließen sich in die Tiefe fallen.

Kalis Schlangengrube wartete.

Und da flog die Tür auf!

*

Suko hatte die Klinke gedrückt. Wir holten noch einmal tief Luft und wuchteten uns gegen das Holz.

Die Tür flog in das Innere des dahinterliegenden Raumes, und wir standen auf der Schwelle.

Ich hatte mit vielem gerechnet, war auch auf einiges vorbereitet gewesen, doch was mir da begegnete, das schlug dem Faß den Boden aus. Wir waren in einer magischen Schlangenhölle gelandet.

Suko mußte ähnlich denken wie ich, denn auch er war für einen Moment perplex.

Das konnte es doch nicht geben!

Ich fühlte mich nach Indien versetzt, denn ich sah die schreckliche Gestalt der Göttin Kali. Sie verschwand allmählich in der Erde, aber ihre vier Arme hielten unseren Freund Mandra Korab umfangen, der sich nicht aus der Umklammerung lösen konnte, sondern wehrlos mit in die Tiefe gezogen wurde.

Das war nicht alles.

Auch den Käfig sahen wir, zudem die zahlreichen Schlangen mit den Menschenköpfen, und zwischen ihnen standen wie zwei Königinnen Jane Collins und Wikka.

Sie überschauten alles. Ihnen machte es Spaß. Ihre Lippen hatten sich geöffnet, ein leises Lachen drang daraus hervor, und die Blicke waren auf den allmählich verschwindenden Mandra Korab fixiert.

Aber sie sahen auch uns.

Jane schrie das Wort.

»Sinclair!«

Sie spie meinen Namen förmlich aus. Haß und Wut waren die Triebfeder ihres Handelns.

Und sie schwenkte den rechten Arm.

In der Hand hielt sie eine Pistole.

Ich ebenfalls.

Über die Schlangen hinweg starrten wir uns an. Es war eine Situation, vor der ich mich immer gefürchtet hatte. Sie war eingetreten, es hatte einmal so kommen müssen, und nun standen wir uns gegenüber.

Ich sah nur sie.

Und sie lächelte.

Kalt, höhnisch und grausam war dieses Lächeln. Und voller sadistischer Freude.

Da schoß sie.

Ich hatte zu lange gezögert. Jane Collins war kein Mensch mehr, sie wollte meine Vernichtung. Mit ihrem Schuß dokumentierte sie dies. Ich hatte es eigentlich nicht begreifen können und mußte nun in das Mündungsfeuer schauen, das mir entgegenstach.

Dann der Einschlag.

Ich hatte mich noch ein wenig bewegt, so daß die Kugel nicht in die Brust einschlug sondern wie ein mörderischer Hammerschlag über meine Rippen fuhr.

»Aaahhhh!« Der Schrei löste sich von meinen Lippen. Ich konnte nichts daran ändern, wurde zurückgeworfen, spürte die Schmerzen an meiner linken Seite, und als ich hinschaute, da sah ich das Blut, das aus meiner Kleidung und damit auch aus der Wunde quoll. Suko, der vielleicht eingegriffen hätte, war ebenfalls schockiert. Er drehte sich zu mir herum.

»John!« schrie er. »Was ist los?«

»Nichts, nichts.« Mit schmerzverzerrtem Gesicht lehnte ich an der Wand neben der Tür, und Jane feuerte abermals.

Diesmal hatte Suko die Kugel gegolten.

Sie war gut gezielt, doch sie traf den Chinesen nicht, sondern jaulte haarscharf an seiner Schläfe vorbei.

»Verdammt, die macht Ernst, John!« keuchte Suko.

Von mir bekam er keine Antwort. Ich hatte Mühe, den Treffer zu verdauen. Die Aufprallwucht hatte mir einen Schock versetzt. Mein Körper zitterte, ich schoß trotzdem zurück.

Zum erstenmal eigentlich feuerte ich bewußt auf Jane Collins, hielt auf das Bein, aber das Büchsenlicht war einfach zu schlecht, deshalb verfehlte ich die ehemalige Detektivin.

Sie sprang zur Seite.

Und dann griff Wikka ein. Während Suko sich auf den Inder zubewegte und dabei an der Wand entlanglief, schickte die Oberhexe ihre Schlangen, die nun ihr gehorchten.

Plötzlich war der in flackerndes Kerzenlicht getauchte Keller von einem unheimlichen Zischen erfüllt.

Sämtliche Schlangen formierten sich zum Angriff. Und sie hatten sich Suko und mich als Gegner ausgesucht.

»Verdammt, John, ich komme nicht an die Statue heran.« Während seiner Worte hörte ich bereits das mir bekannte Klatschen. Es entsteht, wenn Suko mit der Dämonenpeitsche zuschlägt.

Ich wollte ihm vorschlagen, seinen Stab einzusetzen, aber das mußte er selbst entscheiden. Ich hatte mich um die Schlangen zu kümmern.

Es war eine Situation, in der der Nervenstreß an oberster Stelle stand. Es ging um unser Leben, deshalb war alles andere auch von zweitrangiger Bedeutung.

Ausruhen konnte ich mich nicht, denn ich wollte alles haben. Vielleicht sechs Schlangen hatten es auf mich abgesehen. Und sie waren schon verdammt nahe.

Es würde Sekunden dauern, bis sie vorschnellten und mich bissen. Ihre kleinen Gesichter waren verzerrt. Sie zeigten all den Haß, den sie empfanden, und ich durfte sie auf keinen Fall noch näher an mich herankommen lassen.

Einen halben Schritt ging ich vor, stieß mich dann ab, spürte das Brennen an der Hüfte, den scharfen stechenden Schmerz, zog den Körper zusammen und sprang.

Damit hatte wohl keiner gerechnet, denn dieser Sprung brachte mich über die Körper hinweg, die zwar hochzuckten und ihre Leiber zu Peitschen werden ließen, aber die Giftzähne erreichten mich nicht. Ich kam über sie hinweg.

»Verfluchter Bastard!«

Diese Worte schleuderte mir Jane Collins entgegen, denn sie hatte auf mich gelauert. Im Gegensatz zu Wikka, die sich um Suko kümmern wollte.

Jane riß ihren Arm hoch, wollte schießen, als ich mein rechtes Bein in die Höhe schleuderte und zutrat.

Die Fußspitze traf Janes Waffenhand. Zwar löste sich noch ein Schuß, doch die Kugel fuhr in die Decke.

Dann war ich über ihr.

Mit der linken Hand schlug ich zu. Jane riß zwar noch ihre Arme hoch, doch ich zertrümmerte die Deckung, und die ehemalige Detektivin wurde nach rechts geschleudert.

Genau auf den Käfig und das in der Nähe befindliche Bodenloch zu.

Sie fing sich wieder.

Eine Schlange erschien dicht vor mir. Ich bückte mich, bekam sie dicht hinter dem menschlichen Kopf zu packen und schleuderte sie Jane Collins entgegen, die nicht mehr ausweichen konnte, so daß die Schlange voll gegen sie hieb.

Sie mußte Angst bekommen haben, denn sie wickelte sich um Janes Hals, die keine Zeit mehr hatte, ihre Waffe gegen mich einzusetzen. War sie immun gegen einen Schlagenbiß?

Ich wußte es nicht, ich wollte sie nur endlich von diesem verdammten Hexenfluch befreien, falls ich so etwas noch schaffte.

Ich stürzte auf Jane zu.

Sie sah mich. Aus ihrem Blickwinkel mußte ich übergroß vor ihr auftauchen, das Gesicht wurde zur Fratze, und sie wollte noch weg, doch ich war schneller.

An der Schulter wirbelte ich sie herum.

Dadurch geriet auch die Schlange in Bewegung. Ihr Kopf zielte nach meiner Brust, doch da war das Kreuz.

Dann ging alles blitzschnell.

Kopf und Kreuz prallten zusammen. Der Kopf zerplatzte. Ich hörte noch das Zischen, dann wirbelte mir der Staub vor dem Gesicht herum, ich griff trotzdem zu und bekam Jane zu packen, gerade, als sie zurückwollte.

Sie zog mich mit.

»In die Schlangengrube mit dir, John Sinclair!« brüllte sie, klammerte sich an mir fest, und im nächsten Augenblick verloren wir gemeinsam den Boden unter den Füßen.

Kalis Schlangengrube wartete . . .

*

Suko hatte die Dämonenpeitsche gezogen und ausgefahren. Mit der Beretta hätte er zwar auch etwas ausrichten können, aber die Peitsche war wirkungsvoller. Sie bestand aus drei Riemen, die, wenn sie richtig geschwungen wurden, gleichzeitig mehrere Schlangen erfassen konnten. Und dafür wollte der Chinese schon sorgen.

Durch den Angriff der ehemaligen Detektivin war Suko von seinem Freund John Sinclair getrennt worden. Es wäre besser gewesen, wenn sie zusammengeblieben wären, denn so mußte jeder für sich vorgehen, und das konnte den Gegnern nur entgegenkommen.

John Sinclair konzentrierte sich auf Jane Collins und einen Teil der Schlangen. Suko hatte die Schlangen mit den menschlichen Köpfen gegen sich, aber auch die Oberhexe Wikka.

Sie hatte die Lage sofort erkannt und richtig eingeschätzt. Wenn Sinclair und der Chinese zusammenblieben, bildeten sie eine zu große Gefahr. Einzeln waren sie leichter zu besiegen, und Mandra Korab konnte nicht mehr mitmischen. Ihn hatte Kali bereits zu sich geholt und war mit ihm in der Schlangengrube verschwunden.

John hatte es schlechter. Er war angeschossen und nicht mehr topfit. Aus diesem Grunde hatte sich Suko vorgenommen, so rasch wie möglich seine Gegner aus dem Weg zu räumen, denn die Schlangen mit den Menschenköpfen waren gefährlich, und sie gehorchten vor allen Dingen ihrer Herrin Wikka.

Sie stand inmitten der Schlangen, ragte aus ihnen heraus wie ein ehernes Denkmal, das alles überblickte und im Griff zu haben schien.

Aber Suko nicht. Der Chinese kämpfte verbissen, mit der Peitsche in der rechten Hand.

Und er schlug zu.

Suko machte es geschickt. Während des Schlages drehte er noch sein Gelenk, und die drei Riemen der Peitsche fächerten auseinander. Sie bildeten über den aufgerichteten Körpern der Schlangen ein Dach, bevor sie nach unten fielen und auch trafen.

Das hatte Suko wunderbar eingefädelt. Die drei aus der Haut des Dämons Nyrana bestehenden Riemen fielen nach unten, und als Suko den Arm an sich zog, da wickelten sie sich auch um die Körper von drei gefährlichen Schlangen.

Bei einer zerstörten sie den Kopf. Suko hörte das Zischen. Eine makabre Begleitmusik, als sich das kleine Gesicht völlig auflöste und nur noch Staub übrigblieb.

Die zweite Schlange wurde zerrissen. Bei ihr reagierte die Peitsche wie ein Messer. Zwei Hälften wirbelten davon, fielen zu Boden und zuckten.

Die dritte Schlange hatte sich um einen Peitschenriemen gewickelt. So hart und fest, als wollte sie ihn nicht mehr loslassen. Es war eine Täuschung. Schon einen Atemzug später sah Suko, wie sich die Schlange vor seinen Augen auflöste und verging.

Eine Staubfahne wehte zu Boden.

Das alles hatte Zeit gekostet, die nächsten Schlangen waren schon verflucht nahe herangekommen, so daß Suko sich nur mit einem Tritt helfen konnte.

Sein rechtes Bein schnellte vor, und die Fußspitze traf die Schlange hart.

Sie flog hoch, prallte auf den Boden, und der Inspektor bewegte im gleichen Moment seinen Peitschenarm von links nach rechts dicht über dem Boden.

Bei dieser Art zu schlagen hatte er die Gewähr, mehrere der Bestien auf einmal zu treffen und zur Seite zu schleudern, wobei sie vergingen wie Schnee in heißer Sonne.

Der Chinese selbst sprang zurück und ließ gleichzeitig den Arm vorschnellen.

War sein erster Schlag ein kleiner Anfang gewesen, so erzielte er jetzt einen durchschlagenden Erfolg. So rasch sich die Schlangen auch bewegten, so schnell sie waren, die drei ausgefächerten Peitschenriemen waren beweglicher.

Die Schlangen konnten der Waffe nichts entgegensetzen. Sie wurden in die Höhe geschleudert, überschlugen sich, drehten sich, ringelten in der Luft, klatschten zu Boden, stießen sogar wimmernde Schreie aus, zuckten, bewegten sich heftig, schlugen um sich, behinderten die anderen Schlangen und lösten sich allmählich durch die starke Magie der Peitsche auf.

Suko hatte im Kampf gegen seine Feinde wieder an Boden gewonnen. Er konnte auch einen schnellen Blick auf John Sinclair werfen, und aus seinem Gesicht wich sämtliches Blut, als er erkannte, was mit dem Geisterjäger geschah.

Suko blickte in dem Augenblick zu John hin, als dieser in der Schlangengrube verschwand.

Suko wollte hin.

Dagegen hatte Wikka etwas. Die ganze Zeit über hatte sie nicht eingegriffen und nur zugeschaut. Sie hatte sehen wollen, wie weit der Chinese ging. Dabei mußte sie erkennen, daß ihre Schlangen gegen die Dämonenpeitsche nicht ankamen.

Ein Schrei der Wut löste sich aus ihrer Kehle!

Es war ein greller Ruf, der spitz durch das Verlies hallte und schrill in Sukos Ohren klang.

Der warnte ihn gleichzeitig.

Suko federte herum.

Wie in Großaufnahme sah er das Gesicht der Oberhexe vor sich. Eine entstellte Fratze der Wut und des Zorns. Diese

Frau kannte nur den Haß und die Vernichtung. Sie war wirklich eine sehr gelehrige Schülerin des Teufels.

Und sie griff Suko an.

Aber nicht selbst, Wikka gab nur den Befehl. Sie schickte ihre beiden Schlangen auf die Reise.

Der Kopf ruckte nach hinten, als die Tiere die Stirn der Oberhexe verließen.

Und sie waren schnell.

Suko sah die beiden grünen Schatten auf sich zuhuschen, hörte das grelle Lachen der Hexe und spürte im nächsten Augenblick den harten Aufschlag der Schlangen.

Der Inspektor wurde zurückgeschleudert. Eine schreckliche Angst schoß in ihm hoch, denn er wußte, daß die beiden Schlangen der Wikka ein dämonisches Gift verspritzten, dem so leicht keiner widerstehen konnte.

»Jetzt bist du dran, Chinese!« schrie Wikka und schaute Suko starr an, um seinen Niedergang genau mitzuerleben…

*

Wir fielen.

Jane und ich hielten uns umklammert. Vielmehr hielt ich sie, denn die ehemalige Detektivin wollte sich von mir lösen, aber das kam nicht in Frage.

Ich brauchte sie.

Ihr Gesicht befand sich dicht vor meinem. Zwar hatte sie den Kopf zur Seite gedreht, doch ich konnte in ihr Profil schauen und sah das Zucken der Wange.

Der Mund stand offen. Schreie der Wut lösten sich daraus, der Körper zitterte, als stünde er unter Strom.

Mandra Korab und auch die Göttin Kali waren in diesem Augenblick vergessen. Ich hatte Jane Collins, die Hexe, die

Mörderin. Jawohl, die Mörderin, denn ich hatte nicht vergessen, was sie in der Gestalt des lächelnden Henkers für Schuld auf sich geladen hatte. Auf ihr Konto gingen zwei Menschenleben.*

Der Aufschlag!

Ich hatte mich nicht auf ihn vorbereiten können, mein Körper war nicht entspannt, der Aufprall traf mich deshalb voll, und es zuckte wie Stromstöße durch meinen Körper. Auch Jane hatte etwas mitbekommen. Ihr Gesicht verzog sich, demnach konnte sie auch Schmerzen empfinden, doch sie erholte sich sehr schnell und wollte sich von mir stemmem.

Ich bekam sie soeben noch zu packen, hatte allerdings ihren Widerstandswillen unterschätzt, denn sie begann damit, mich zu attackieren.

Mit den Fäusten schlug sie nicht, sondern stach mit ihren Fingernägeln. Sie zielte dabei auf mein Gesicht, wollte mich hart treffen, die Haut aufreißen, wobei ich im allerletzten Augenblick meinen rechten Arm als Deckung in die Höhe bekam und ihren ersten Angriff abwehren konnte.

Aber Jane wirbelte weiter.

Sie schlug und trat um sich, entwickelte sich zu einer Furie, die einfach nicht zu stoppen war.

Hätte ich mehr Zeit gehabt, wäre ich vielleicht nicht so hart mit ihr umgesprungen. So aber mußte ich zu einem schnellen Ende kommen, denn ich durfte nicht vergessen, daß noch weitere Schlangen mit in die Grube hineingefallen waren.

Und das waren keine veränderten Biester, sondern normale giftige Tiere, die auf Kali hörten, im Gegensatz zu den anderen mit den Menschenköpfen.

Ich kam mit der rechten Faust durch.

*Siehe John Sinclair-Taschenbuch 73 024: »Der lächelnde Henker«

Es war ein harter Schlag, ich hatte sogar ausholen können, und Jane wurde unter dem Hals getroffen.

Der Treffer wuchtete sie zurück. Sie prallte zu Boden, überschlug sich, wobei sie in die Nähe einer grünschillernden Schlange geriet, die sich glatt wie ein langer Aal über ihren Leib schlängelte, aber nicht zubiß.

Nein, die Schlangen taten Jane Collins nichts. Dafür hatten sie mich als Opfer ausersehen.

Das merkte ich sehr schnell, denn sie rotteten sich zusammen. Es waren fünf, die gegen mich vorgehen wollten, und ich sah zu, daß ich auf die Beine kam.

Wenn einer den Film »Jäger des verlorenen Schatzes« gesehen hat, dann kann er sich vorstellen, was in meinem Inneren vorging, als ich die Schlangen sah, die da auf mich zuringelten. Ich kam mir vor wie der Held in dem Film, nur war ich nicht durch eine Glasscheibe von den Schlangen getrennt, wie damals der Hauptdarsteller.

Ich ging so weit zurück, bis ich die Wand im Rücken spürte. Ein paar Sekunden blieben mir noch, so daß ich Zeit bekam, meine Umgebung mit Blicken zu erkunden.

Zunächst einmal mußte ich mich mit mir selbst beschäftigen. Wo mich die Kugel der Jane Collins getroffen hatte, brannte es wie nach einem Kontakt mit starker Säure.

Ich wußte nicht, wie gefährlich die Wunde war oder noch wurde, mir war nur klar, daß ich mich allzu lange in dieser verfluchten Schlangengrube nicht aufhalten konnte.

Den Aufprall hatte ich ebenfalls noch nicht richtig verkraftet, er war sehr hart gewesen und hatte meine Knochen regelrecht durchgeschüttelt. Wenn ich mich jetzt gehenließ, dann hatte ich verloren.

Müde, matt und zerschlagen war ich. Das Bett wäre am besten gewesen, doch ich befand mich in einer tödlichen

Falle, war umgeben von Feinden, wo ich die giftigen Schlangen an die erste Stelle setzte.

Ich schaute auch auf Kali.

Durch Schwarze Magie hatte sich diese gewaltige Figur in die Tiefe der Grube gesenkt, denn ich sah keinen Sockel, auf der sie stand. Sie war nach unten geschwebt, hatte den Boden berührt und stand nun sicher.

Vorerst »sicher« war auch Mandra Korab, denn er befand sich in den Händen der Todesgöttin Kali.

Sie sah aus wie in Indien.

Nur hatte sie diesmal keine Kette aus Totenschädeln um ihren Hals hängen, sondern eine Riesenschlange. Wahrscheinlich als Verbindungsglied zu Wikka, als ein Zeichen ihrer Verbundenheit.

Dienerinnen besaß sie auch. Es waren nicht die Schlangen mit den menschlichen Köpfen, sondern die anderen, denn sie wollten mich töten.

Ich hatte meine Beretta in dem allgemeinen Kampfgetümmel verloren.

Ein großes Pech. Ohne die Pistole war ich zwar nicht hilflos, aber in meinen Aktivitäten stark eingeschränkt.

Das Kreuz, den Dolch, magische Kreide führte ich bei mir. Vielleicht konnte ich mir auch damit helfen.

Kali unternahm noch nichts.

Die mit einem dämonischen Leben gefüllte Steinfigur hielt sich nach wie vor ruhig. Wenn sie erst zu einer fieberhaften Aktivität erwachte, dann sah es bitter für meinen Freund Mandra Korab aus, der mich zwar anschaute, wobei ich jedoch nicht sicher war, ob er mich überhaupt erkannte, denn er befand sich in einem Zustand zwischen Bewußtlosigkeit und Wachsein.

Da kam die erste Schlange.

Es war die, die auch über Janes Körper geglitten war und ihr nichts getan hatte.

Ich sah sie schattenhaft. Das von oben in die Schlangengrube hereinfallende Licht verzerrte die Perspektiven und gab ihnen zusätzlich noch einen weichen Schleier.

So schnell es ging, zog ich die Kette mit dem Kreuz über meinen Kopf. Jane, die nicht weit entfernt von mir am Boden hockte, schaute mir dabei zu.

Sie lachte und sagte: »Damit wirst du bei den Schlangen keinen Erfolg haben, Geisterjäger, du nicht!«

Ich startete trotzdem einen Versuch. Die Kette hielt ich mit Daumen und Zeigefinger fest, dann schleuderte ich mein Kreuz auf die Schlange zu, berührte sie sogar, es geschah leider nichts.

Die Schlange war nicht dämonisch beeinflußt. Sie gehorchte zwar meinen Gegnern, aber sie war ein normales Tier, und das bekam ich in diesem Augenblick zu spüren.

Fast hatte sie ihren schmalen Körper noch um das Kruzifix geschlungen, als ich es zurückzog.

Das war also nichts.

Ich sah mich in die Enge getrieben. Fieberhaft suchte ich nach einem Ausweg.

Das merkte auch Jane Collins. Sie freute sich darüber, denn sie erklärte mir hohnlachend: »Hier kommst du nicht mehr raus, Geisterjäger. Du hast vieles geschafft, den Vorhof der Hölle sogar hinter dir gelassen, aber in Kalis Schlangengrube findest du dein Ende. Das sind Gegner, bei denen dein Kreuz auch nichts hilft.«

»Abwarten ...«

Das Kreuz wechselte ich in die linke Hand und zog dafür den Dolch. Es war eine normale Waffe, zwar magisch beeinflußt, aber auch scharf wie ein Messer.

Diesmal griff ich an.

Wie ich mit dem Dolch umzugehen hatte, das wußte ich. Die Erfahrungen lagen da auf meiner Seite. Und ich mußte auch schneller sein als eine Schlange.

Mein Arm zuckte vor.

Es war eine Zickzackbewegung, mit der ich die Schlange täuschte. Sie wußte nicht, wohin sie ausweichen sollte, und ich führte einen blitzschnellen Schnitt.

Fast wäre es dem Tier gelungen, der Klinge zu entgehen. Es hatte schon seinen Kopf zurückgezogen, als die Dolchspitze ihn von unten erwischte und durch das Fleisch jagte.

Ich spießte die Schlange auf.

Zuckend lag sie am Boden, darum kümmerte ich mich nicht, denn die nächsten beiden waren schon verdammt nahe herangekommen. In einer von ihnen erkannte ich eine schwarze Mamba, die unbedingt ihre Giftzähne an mir ausprobieren wollte.

Ich sprang zur Seite. Die Mamba folgte meiner Bewegung, ihr Kopf befand sich etwa in Kniehöhe, und sie würde zuschnappen, doch da hatte ich meinen Arm nach unten geschleudert.

Das Messer traf.

Auf einmal platze der Kopf der schwarzen Mamba weg. Ich hatte ihn mit einem Schnitt vom Körper abgetrennt. Dieser Erfolg ermutigte mich, und mir gelang es, die zweite angreifende Schlange mit einem Fußtritt von mir wegzubefördern.

Das alles hatte auch Jane Collins mit angesehen. Sie sah ihre Felle wegschwimmen, wollte es jedoch nicht zulassen, denn John Sinclair durfte auf keinen Fall gewinnen.

Nicht umsonst gelang es Jane, mit den Schlangen umzugehen als wären es die liebsten Tierchen, und das wollte sie auch ausnutzen. Sie bückte sich, huschte dabei zur Seite, und während der Geisterjäger noch mit der zweiten Schlange beschäftigt war, gelang es ihr, sich gefährliche Waffen zu besorgen.

Es waren zwei weitere hochgiftige Schlangen, die sie an sich riß und dicht hinter den Köpfen mit ihren Fingern umklammerte. Jane Collins drehte sich dabei, damit sie so stand, daß sie John Sinclair auch ansehen konnte.

Die Arme hatte sie angewinkelt und ein wenig nach hinten gedrückt. Dann schleuderte sie beide vor und ließ im genau richtigen Augenblick die Schlangen los.

Genau da drehte ich mich um!

*

Beide Schlangen wuchteten auf mich zu. Sie blieben nicht gestreckt, sondern ringelten sich während des Flugs zusammen, so daß beide ein Knäul bildeten.

Verfehlen konnte sie mich nicht.

Jane hatte gut gezielt, und ich sah sie immer größer werden. Automatisch riß ich meine Arme hoch, warf mich zur Seite, hatte in diesen Sekunden schreckliche Angst und prallte dann zu Boden, genau in dem Moment, als die beiden Schlangen gegen mich klatschten.

Auf die linke Seite war ich gefallen, schrie vor Schmerzen, aber die Schlangen waren jetzt wichtiger. Ihre Berührungen hatten mir ebenfalls einen Schock versetzt. Mit dem Ende des Körpers war es einer Schlange gelungen, in mein Gesicht zu schlagen. Während und kurz nach diesem unfreiwilligen Hautkontakt ekelte ich mich sehr.

Ein irrer Gedanke durchzuckte mein Hirn. Konnte man eigentlich spüren, wenn man von einer Schlange gebissen wurde? War es ein schneller, heftiger Schmerz, dem das absolute Auslöschen folgte, befand man sich dann in einem Todeskampf?

Ich schnellte in die Höhe.

Eine Schlange rutschte von mir ab, die zweite biß.

Ich hatte Glück.

Meine Haut traf sie nicht, sondern nur den Stoff der Jacke. Dort hinein hackte sie ihre Zähne und leerte auch die Giftdrüsen. Das Zeug versickerte in meiner Jacke, die Schlange rutschte ab, fiel zu Boden, und ich drückte meine Hacke blitzschnell auf ihren Kopf, so daß er von dem Druck zermalmt wurde.

Die zweite von Jane geworfene Schlange, befand sich ziemlich dicht an meinem rechten Fuß. Das sah schon wieder gefährlich aus, trieb mich zurück, ich nahm den Dolch, zielte kurz und stieß die Klinge dann nach unten.

Volltreffer!

Die Spitze der Waffe spießte das gefährliche Tier in der Mitte auf. Ich hob es an und schleuderte es in die Richtung der ehemaligen Detektivin Jane Collins.

Dem ersten Angriffsschwung der Schlangen hatte ich nicht nur widerstanden, sondern ihn auch stoppen können, und Jane Collins' Wunsch, mich tot zu sehen, war nicht in Erfüllung gegangen.

Allmählich mußte sie durchdrehen, denn sie wünschte sich mein Ableben sehr.

Ich suchte weitere Schlangen.

Sie befanden sich bei Jane Collins. Die Detektivin hatte sie um sich versammelt. Ob es die restlichen waren, wußte ich nicht. Genau hatte ich sie bei meinem plötzlichen Fall in die Schlangengrube nicht zählen können.

Bis jetzt hatte ich mich nur auf Jane Collins und die Schlangen konzentrieren können und Kali vergessen. Nun aber griff ein anderer in die Auseinandersetzung ein.

Kali, die Todesgöttin.

Doch nicht sie meldete sich, sondern Mandra Korab.

Er sprach nur ein Wort, es war dennoch ein verzweifelter Schrei, der mir durch Mark und Bein fuhr.

»Johnnnn ... bitte ...! Sie ... sie bringt mich um ...«

*

Die Schlangen waren schnell. Man konnte sie mit kleinen, lebenden Raketen vergleichen, als sie sich von der Stirn der Oberhexe Wikka lösten und ihr neues Ziel anvisierten.

Suko wußte auch, wie gefährlich sie waren. Er brauchte da nur an den jetzt toten Millionär Gorden Schreiber zu denken, der durch die Schlangen in den Bann der Oberhexe geraten war und erst durch seinen Tod erlöst wurde.

Suko konnte das gleiche passieren.

Aber er trug eine Waffe bei sich, mit der er sich verteidigen wollte.

Es war sein Stab.

So schnell hatte sich der Inspektor selten bewegt und nach der Waffe gegriffen. Er mußte Kontakt haben, erst dann konnte er das magische Wort rufen, das die Zeit anhielt.

Er schrie es hinaus, wobei er sich gleichzeitig nach hinten warf.

»*Topar!*« Es hallte durch den Keller, und die Magie dieses Wortes, dessen Erfinder der große Buddha gewesen sein mußte, verfehlte seine Wirkung nicht. Die beiden Schlangen stoppten, bevor sie den Chinesen noch erreichen konnten.

In der Luft und dicht vor Sukos Gesicht blieben sie schlagartig stehen.

Suko war gerettet. Jedenfalls für einen Moment. Fünf Sekunden blieb die Zeit stehen, nur er konnte sich bewegen, nicht diejenigen, die sich in seiner Nähe befanden und den Ruf vernommen hatten. In dieser Spanne konnte Suko alles mit seinen Gegnern anstellen, er durfte sie nur nicht töten, sonst wäre die Wirkung des Stabs aufgehoben worden.

Mit einem Vorwärtsschwung schnellte Suko wieder auf die Füße. Auch Wikka hatte der Ruf erreicht. Obwohl sie eine Hexe war, reagierte sie wie ein normaler Mensch, und das einzige gerufene Wort ließ sie erstarren.

In einer etwas seltsamen Haltung stand sie auf der Stelle. Ein Bein vorgestreckt, den rechten Arm ebenfalls. Es sah so aus, als wollte sie eingreifen, habe es sich aber im letzten Augenblick noch überlegt.

Auch die Schlangen waren dem Beispiel gefolgt. Die standen sogar in der Luft, genau wie die Tiere mit den Menschenköpfen, die sich ebenfalls nicht mehr bewegten.

Sukos Schrei hatte genau diejenigen erreicht, die er auch erreichen sollte..

Töten durfte er nicht. Daran hielt er sich auch, als er sich als einziger voran bewegte. Er ging einen Schritt vor, und seine Hände wurde zu Greifklammern, als er die beiden aus der Stirn geschleuderten Schlangen packte.

Suko wußte nicht, wieviel Zeit ihm noch zur Verfügung stand. Beeilen mußte er sich. Er tat es immer, auch wenn die Lage nicht so brandgefährlich war wie in diesen Augenblicken.

Fünf Sekunden Zeitstopp.

Jetzt war er vorbei.

Suko hielt noch immer die Schlangen in den Händen. Er spürte auch, wie sie zuckten, und Suko wuchtete beide kraftvoll zu Boden, wo sie weghuschen wollten, aber nicht schnell genug waren, denn die Sohlen des Chinesen erwischten sie.

Beide Köpfe zertrat er und behielt gleichzeitig die Oberhexe im Blickfeld, die langsam zurückging. Wikka zeigte sich ein wenig irritiert, mit dieser Aktion hatte sie nicht mehr gerechnet. Sie sah ihre beiden Schlangen nur als Brei vor sich und starrte nun auf Suko, der die Beretta gezogen hatte.

»Bleib stehen!« befahl der Chinese.

Wikka gehorchte. Sie wußte, daß die Beretta mit Silberkugeln geladen war, die auch bei ihr einen bleibenden Schaden hinterlassen konnten. Wenn sie gegen den Chinesen etwas erreichen wollte, dann mußte sie ihre Hexenkräfte mobilisieren, was allerdings Zeit kostete, wobei es zudem fraglich war, ob Suko ihr diese Zeit ließ.

Aber auch der Inspektor wollte die Hexe nicht töten. Sie war eine zu gute Geisel in seinen Händen. Zwar hätte sie den Tod mehrfach verdient gehabt, doch Suko mußte in diesen Augenblicken auch an John Sinclair und Mandra Korab denken. Beide befanden sich in einer schrecklichen Gefahr, vielleicht konnte Suko sie mit Wikkas Hilfe aus der tödlichen Klemme holen.

»Meine Kugel ist immer schneller als deine Hexenkräfte«, erklärte er selbstbewußt. »Solltest du auf irgendwelche dummen Ideen kommen, schieße ich sofort. Ist das klar?«

»Ja.«

»Okay, Wikka, dann dreh dich um und geh langsam dorthin, wo die Figur verschwunden ist. Halte zudem die Schlangen in Schach. Wenn ich merke, daß sie mich angreifen wollen, töte ich nicht sie, sondern dich. Ich hoffe, wir haben uns verstanden.«

»Sicher, sicher . . .«

»Dann geh jetzt!«

Sie schritt vor. Zögernd setzte sie ein Bein vor das andere.

Ihr war anzumerken, wie sehr sie über einen Ausweg nachgrübelte, aber es gab einfach keinen.

Wikka schritt auf die Öffnung im Boden zu.

Suko vernahm aus der Tiefe seltsame Geräusche. Wahrscheinlich kämpfte John Sinclair dort, er hörte auch die Stimme der ehemaligen Detektivin, die zu einer Todfeindin des Geisterjägers geworden war und nicht gezögert hatte, sofort auf ihn zu schießen.

Es dauerte nicht sehr lange, bis Wikka ihr Ziel erreicht hatte. Am Rand blieb sie stehen.

Suko dachte noch darüber nach, welche Chancen ihm blieben, als er aus der Tiefe das schreckliche in Worte gefaßte Stöhnen hörte. Es war die Stimme des Mandra Korab, und der Inder flehte um Hilfe.

Wikka hatte es auch vernommen. Sie konnte sich ein Lachen nicht verbeißen, bevor sie sagte: »Jetzt stirbt der Inder, denn Kali holt sich ihr erstes Opfer ...«

*

Mir gingen die Worte des indischen Freundes unter die Haut. Sie trafen mein Innerstes, das regelrecht aufgewühlt wurde, und Jane Collins war in den nächsten Augenblicken zweitrangig geworden. Jetzt ging es allein um meinen Freund.

Die fürchterliche Göttin mit den vier Armen hielt Mandra so umklammert, daß er sich nicht mehr rühren konnte, zudem war er mit dem Rücken gegen die Steinfigur gepreßt. Er schaute also nach vorn, und er mußte uns sehen.

Sein Gesicht war verzerrt. Mandra hatte unter fürchterlichen Schmerzen zu leiden, denn dieser mit einem schrecklichen Geist versehenen Steinfigur ging es nur um das Töten.

Konnte ich sie vernichten?

Es war die Frage, auf die ich in den nächsten Sekunden eine Antwort finden mußte, sonst war Mandra Korab verloren. Einen Plan hatte ich nicht, als ich mich der Todesgöttin entgegenstürzte, ich vertraute allein auf das Kreuz.

Die heilige Silbe war dort vertreten. Es mußte sich einfach zeigen, ob sich der Prophet Hesekiel nicht getäuscht hatte.

Sollte ich die Silbe rufen?

Aber war ich nicht ein Unreiner?

Ich dachte an die Worte des alten Mannes, der mich in die Geheimnisse des Kreuzes eingeweiht hatte. Er hatte mich davor gewarnt, die Silbe auszusprechen, denn ich gehörte nicht diesem mythologischen Kreis an. Andererseits war ich der Sohn des Lichts, mir stand das Kreuz nun einmal zu, und Hesekiel, der Prophet, hätte die heilige Silbe Indiens nicht in das Kreuz eingraviert, wenn sie sein wahrer Besitzer nicht benutzen durfte.

Ich befand mich in einer Zwickmühle.

Mandra erlebte Höllenqualen. Vergeblich versuchte er sich aus den Klauen der Todesgöttin zu befreien. Er schluchzte wie ein kleines Kind, als er abermals meinen Namen rief, ich sah sein schweißnasses Gesicht, das allerdings nicht nur durch den Schweiß genäßt wurde, sondern auch durch Tränen.

Mandra litt.

Wie lange konnte er noch durchhalten? Ich stand vor ihm, das Kreuz in der Hand. Die Silbe leuchtete zwar grünlich auf, aber sie strahlte nicht mehr ab, die Gegenseite mußte zu stark sein. Und ich war ein Unreiner, durfte die Silbe eigentlich nicht rufen, doch wie anders sollte ich Mandra retten?

Da hatte ich die Idee.

Der Inder sollte sich selbst retten, denn er stammte aus dem Land der heiligen Silbe. Er war ein Reiner, gehörte zu einer der höchsten Kasten des Landes, und wenn er die Silbe rief, dann mußte sie doch einen Erfolg zeigen.

Ich kümmerte mich nicht mehr um Jane, sondern setzte alles auf eine Karte. Ich näherte mich der Todesgöttin, deren rote Augen allmählich zu rotieren begannen und sich in kleine, kreisende Sonnen verwandelten.

»Mandra!« brüllte ich ihn an. »Mandra, die Silbe! Nimm das Kreuz! Du mußt die heilige Silbe rufen!«

Ich war mir nicht sicher, ob er mich verstanden und auch begriffen hatte, sondern mußte es einfach darauf ankommen lassen. Ich katapultierte mich auf den Inder zu, klammerte mich mit einer Hand an ihm fest und preßte mit der anderen das Kreuz gegen den oberen Teil der Brust, damit er und meine stärkste Waffe Kontakt bekamen.

»Die heilige Silbe!« schrie ich ihm ins Gesicht. »Mandra, du mußt sie rufen! Es ist unsere einzige Chance!« Meine Stimme kippte über, unsere Gesichter waren verzerrt, und ich hoffte nur, daß mein indischer Freund die Kraft aufbringen konnte, nur drei Buchstaben laut über seine Lippen zu bringen.

Es waren schreckliche Sekunden, die für mich zu einer Ewigkeit wurden, denn auch die Todesgöttin Kali griff nun ein und beendete ihre Inaktivität.

Sie schickte die Schlange.

Bisher hatte sie nur bewegungslos um ihren Hals gehangen. Nun aber, als sie merkte, daß es auch für die Todesgöttin kritisch wurde, begann sie sich zu regen.

Die Schlange löste sich.

Sie, die schon einmal Mandra Korab fast erwürgt hatte, suchte sich nun einen neuen Gegner aus.

Das war ich.

Von mir ging die größte Gefahr für Kali aus, die sie beschützen wollte.

Der Kopf bewegte sich geradewegs in meine Richtung. Da ich etwas tiefer stand, kam er von oben. Das Maul war geöffnet, eine Zunge wischte hervor. Sie war gespalten, sah gefährlich aus, und ich konnte erkennen, welch eine immense Kraft in diesem Körper steckte.

Mein Gott, warum rief Mandra denn die Silbe nicht? Hatte er mich nicht verstanden?

Lange konnte ich mich nicht mehr halten. Wenn mich die Riesenschlange einmal erreichte, war es aus mit mir.

»Mandra!« brüllte ich. »Die Silbe!«

Er schaute mich an.

Mein Gott! Welch ein Gesicht! Es war verzerrt. All das Grauen, all den Schmerz las ich seinen Zügen. Er hatte mich begriffen, er wollte ja reden, doch er schaffte es nicht. Der Druck der vier Arme war zu stark.

Und die Schlange war da.

»Mandra!« Ich schrie.

Nein, er schaffte es nicht.

Aus, vorbei.

Teuflisches Lachen hinter mir. Jane Collins hatte es ausgestoßen. Sie bekam die Niederlage mit.

Und dann schrie jemand die heilige Silbe.

Nicht Mandra Korab, sondern Suko!

*

Die Anfangsbuchstaben der drei Götter vereinigte die Silbe. Agni, Varuna und Marut. Gleichzeitig erinnerten die Buchstaben an die drei Elemente der alten Inder.

Feuer, Wasser und Luft!

Elemente, die zerstörend wirken konnten, die aber auch gleichzeitig in Verbindung mit der heiligen Silbe das Gegenteil bewirken sollten. Schafften sie es?

Eine Sekunde wurde für mich endlos lange. Ich stand wie gebannt, sah noch immer in das Gesicht meines Freundes, spürte die gefährliche Nähe der Schlange, und plötzlich bewies mein Kreuz, welch eine unfaßbare Kraft in ihm steckte.

Es spielte mit den Elementen, und für mich wurde Kalis Schlangengrube zu einer Wohnstatt der Magie, die sich explosionsartig ausbreitete und alles mit sich riß.

Auch uns!

*

Im nachhinein fällt es mir schwer, all die Einzelheiten nachzuvollziehen, die sich zu einem Ganzen zusammensetzen und diese gewaltige Kraft entfachten.

Kalis Schlangengrube schien zu explodieren. Schuld daran trug das Kreuz, das seine fremde asiatische Magie voll entfaltete.

Es schien übergroß zu werden, und an der rechten Seite lösten sich nicht nur Blitze und grüne Strahlen, ich sah auch verschwommen seltsame Geistwesen.

Die drei Götter?

Eine direkte Antwort bekam ich nicht, dafür wurde sie mir indirekt gegeben.

Zuerst kam das Wasser.

Es schoß aus dem Rachen der Todesgöttin, war warm, fast heiß und besaß eine seltsam grünweiße Farbe, die mir schlierförmig vorkam. Gleichzeitig erschien das Feuer.

Es regnete von der Decke.

Ich schrie, wollte weg, weil ich eine schreckliche Angst vor den Flammen hatte, doch sie erfaßten nicht mich, sondern die

Schlange. Ich hörte ein Fauchen und Zischen, und plötzlich war dieses Tier nur noch eine breite brennende Schnur, die weg von dem löschenden Wasser gewirbelt wurde und verging. Dann kam die Luft.

Sie mußte von unten her in die Figur der Todesgöttin eingedrungen sein, und ihr gelang das Unmögliche.

Sie sprengte die Nachbildung der Göttin Kali.

Zuerst platzten die Arme weg, die Mandra Korab hielten. Er verlor das Gleichgewicht, kippte mir entgegen, ich fing ihn ab, aber er war zu schwer für mich.

Den Stand konnte ich nicht mehr halten, gemeinsam fielen wir zu Boden, Mandra rollte ein wenig zur Seite, so daß ich einen freien Blick auf die Figur der Todesgöttin Kali bekam.

Vor ihr schwebte mein Kreuz.

Wie ein gewaltiger, sicherer Fels inmitten einer magischen Brandung. Es sorgte für die Zerstörung dieser unheimlichen Magie, und es sorgte dafür, daß alles erfaßt wurde.

Auch die noch lebenden Schlangen.

Wie feurige Peitschen zuckten und wirbelten sie durch die Luft, schlugen gegen die Wände und vergingen.

Kalis rote Augen wurden ihr von einer nicht meßbaren Kraft aus den Höhlen gedrückt und uns wie Kugeln entgegengeschleudert, wobei sie über uns hinweggewirbelt und gegen die Wand klatschten.

Es war ein Inferno.

Schreie hörten wir.

Ich wußte nicht, wer sie ausgestoßen hatte. Ob Kali oder die seltsamen Geister, die ich für einen Moment gesehen hatte, bis mit einer letzten aufbäumenden Kraft eine gewaltige Feuersäule aus der Figur der Todesgöttin schoß und sie restlos vernichtete.

Kali existierte nicht mehr.

Nicht mehr in dieser Form.

Das wurde mir noch klar, bevor ich erschöpft die Augen schloß ...

*

Suko kannte natürlich die Geheimnisse des Kreuzes. Sein Freund John Sinclair hatte ihm alles erklärt, und er wußte auch, wie gefährlich es für einen Unreinen war, die heilige Silbe zu rufen.

John Sinclair war Christ, ein Unreiner für die indische Mythologie. Er, Suko, kannte den Buddhismus. Er war in jungen Jahren nach seiner Lehre erzogen worden, und er fühlte sich demnach nicht so sehr als Unreiner, obwohl er nicht mehr nach den strengen Regeln des Buddhismus lebte. Außerdem hatte man ihm den Stab anvertraut, und er sollte aus dem Besitz des großen Buddha stammen.

John traute sich nicht, die Silbe zu rufen, Mandra war dazu nicht mehr in der Lage, da er einfach nicht die Kraft fand, nur die drei Buchstaben auszusprechen, also blieb dem Chinesen nichts anderes übrig, als es selbst zu tun.

Und er rief sie.

Was Wikka dabei dachte, war ihm egal. Suko wollte alles retten, er vergaß die Hexe für diesen Augenblick, war dicht an die Luke herangetreten und erlebte die mystische und magische Rache dieser drei Buchstaben hautnah mit.

In der Schlangengrube wirbelten die drei Geister der Götter. Sie setzten die gewaltigen Magien frei, sorgten dafür, daß das Böse zerstört wurde.

Aber auch Suko wurde nicht verschont.

Ein gewaltiger Stoß, auf den er nicht eingerichtet war, erreichte ihn.

Er hatte das Wasser gesehen und das Feuer, der Druck traf ihn wie der Faustschlag eines Riesen und schleuderte ihn zurück, quer durch das Verlies und weg von Wikka.

Vergeblich versuchte Suko dagegen anzukämpfen und auf den Beinen zu bleiben, jemand schien den Boden unter seinen Füßen wegzureißen und ihn dann vor die Wand zu schleudern.

Er krachte dagegen.

Es war ein fürchterlicher Schlag, der zudem noch seinen Kopf traf und bei ihm einen Teil der Lichter auslöschte.

Verkrümmt blieb Suko liegen. Er keuchte, er stöhnte, und er schaffte es nicht, sich auf die Beine zu quälen.

Das sah auch Wikka.

Sie hatte geahnt, was kommen würde, und war deshalb zurückgewichen. Innerhalb eines Atemzuges verwandelte sie sich in ein kreischendes Wesen, die langen Haare stellten sich aufrecht, als wären sie mit Elektrizität aufgeladen. Für einen Moment schien ihr Körper durch den Anprall der Magie von innen zu glühen, dann konnte sie wieder klar denken, und sie hörte eine zischende Stimme, die aus ihrem Mund drang.

»Hol sie her!«

Es war der Teufel. Asmodis, ihr großer Beschützer, sprach aus ihrem Mund.

»Ich halte meine Hand über euch. Hole Jane Collins! Laß sie nicht hier!«

Ein Energiestoß schien durch Wikkas Körper zu flammen, sie richtete sich auf, und wer sie in diesen Augenblicken gesehen hätte, der hätte sich vor ihr gefürchtet.

Genau auf Wikkas Stirn und haarscharf zwischen den Augen befand sich ein Mal – ein Stigma.

Das Zeichen des Satans!

Blutrot flammte das Dreieck, das die stilisierte Teufelsfratze darstellen sollte.

Der Teufel setzte seine Kraft ein. Er schlug eine schwarzmagische Brücke, um seine Dienerinnen aus dieser fremden Hölle herauszuholen. Und Wikka folgte seinen Befehlen.

Sie lief zum Rand der Öffnung, sah dabei, wie Kali allmählich verging und von den drei Elementen buchstäblich auseinandergerissen wurde. Ihr schenkte sie kaum einen Blick. Kali war verloren, für sie schon eine Episode, die Schlangengrube wurde auf harte Art und Weise entleert. Sie mußte retten, was noch zu retten gab.

Und das war Jane Collins!

Auf keinen Fall wollte Wikka die ehemalige Detektivin in der Grube liegenlassen.

Jane lag auf dem Boden. Sie rührte sich nicht mehr. Ihre Haltung war so steif, daß man Angst um sie haben konnte, aber Wikka wollte sie nicht aufgeben, zudem versorgte sie der Teufel mit Kraft.

»Jane!«

Es war ein Schrei und gleichzeitig ein Befehl. Verstärkt durch die Magie des Satans, schaffte die Oberhexe Wikka das schier Unmögliche. Durch telekinetische Kräfte holte sie ihre Dienerin zu sich.

Jane Collins hob vom Boden ab.

Es schienen sich unsichtbare Hände ihrer bemächtigt zu haben, und sie schwebte wie eine leblose Puppe der Oberhexe Wikka entgegen, auf deren Stirn das Mal des Teufels in einem blutigen Rot leuchtete.

In der Grube bewegte sich der Geisterjäger. Er rollte sich zur Seite und bekam jetzt mit, daß Jane Collins vor seinen Augen allmählich in die Höhe gezogen wurde.

Konnte er noch etwas ausrichten?

»In den Käfig, wir müssen in den Käfig!« Nicht Wikka sprach die Worte, sondern der Teufel. Asmodis gab Wikka den Befehl, dem sie unbedingt folgen mußte.

Und sie schaffte es, bekam die ehemalige Detektivin zu fassen, wirbelte herum und faßte den Käfig ins Auge.

Der Teufel hatte ihr gesagt, was zu tun war.

Sie wollte seinen Anordnungen unbedingt folgen, fiel auf die Knie und kroch zusammen mit Jane durch die schmale Öffnung.

In diesem Augenblick bewegte sich Suko!

*

Ich glaubte, meinen Augen nicht trauen zu können. Zu verrückt war das Bild, das sich mir bot.

Jane Collins schwebte vor meinen Augen in die Höhe!

Wie war das möglich?

Ich veränderte meinen Blick und erkannte den Grund dieses seltsamen Aufstiegs.

Magische Kräfte leiteten sie. Und die gingen von Wikka aus, die am Rand der Öffnung stand und hinabschaute. Auch sie hatte sich verändert. Auf ihrer Stirn glänzte das Sigill des Satans.

Ein Dreieck und eigentlich mehr ein Gesicht. Die Fratze meines Erzfeindes Asmodis, der wie ein schwarzer Schutzengel über und hinter Wikka stand und ohne den sie schon längst verloren gewesen wäre, denn er war es, der ihr immer wieder die starken Hexenkräfte gab, damit sie diese in seinem Sinne und gegen die Menschen einsetzen konnte.

Konnte ich etwas tun?

Ich mußte sogar, denn wenn es dem Teufel durch Wikka gelang, Jane Collins abermals vor meinen Augen zu entführen, stellte sie weiterhin eine Gefahr dar. Was konnte ich tun?

Schwerfällig wälzte ich mich auf die rechte Seite. Dabei streckte ich den Arm aus, denn für mich gab es in dieser Situation nur eine wirkliche Rettung.

Das Kreuz!

Damit mußte es mir gelingen, die verdammte Hexe aufzuhalten. Wenn ich es ihr entgegenschleuderte, würde auch die Kraft des Teufels sie verlassen. Aber es war so schwer, an das Kruzifix heranzukommen. Es lag zu weit von mir weg, inmitten einer Wasserlache und in den Trümmern der zerstörten Figur der Todesgöttin Kali.

Völlig harmlos sah es aus. Das grüne Leuchten hatte sich verflüchtigt. Nichts wies darauf hin, welch eine Kraft in diesem Gegenstand steckte.

Ich wälzte mich auf die rechte Seite.Wenn ich nicht so verflucht schwach gewesen wäre, hätte alles einen Sinn gehabt. So kam ich kaum von der Stelle und konnte mich nur im Zeitlupentempo voran bewegen. Zudem mußte ich Mandra Korab noch von mir wegrollen, das kostete Zeit, die ich nicht hatte, denn inzwischen verschwand Jane Collins immer weiter von mir.

Sie schwebte wie ein Engel in die Höhe. Nur war sie das nicht, sondern das Gegenteil.

Endlich hatte ich das Kreuz erreicht.

Trotz des Wassers, durch das ich auch gekrochen war und das Kleidung sowie Haut genäßt hatte, spürte ich die Wärme, die von meinem Kreuz ausging.

Noch war ein Teil der Magie aktiviert. Und vielleicht schaffte ich es, Jane und Wikka zu erwischen.

Ich drehte mich um. Dabei stützte ich mich mit der linken Hand ab, so daß ich auf die Füße kommen konnte. Taumelnd stand ich da. Mein Blick fiel auf Mandra, der die Augen geöffnet hielt, mich verständnislos und gleichzeitig staunend anschaute, dann wanderte und nach oben fiel, wo ich den jetzt leeren Rand der Öffnung sah.

Jane und Wikka waren verschwunden!

Ich hätte heulen können vor Wut, denn die Entfernung war einfach zu groß, ich konnte den Rand springend nicht erreichen.

Wieder verloren.

Im nächsten Augenblick änderte ich meine Meinung, denn ich hatte eine Stimme gehört.

»Verdammt, Wikka, ihr entkommt mir nicht ...«

Mein Gott, das war doch Suko!

Ich hatte das Gefühl, von Fieberschauern erfaßt worden zu sein. Sollte es Suko gelingen ...

Meine Gedanken wurden unterbrochen, denn plötzlich fiel über mir ein Schuß ...

*

Es war auch für Suko nicht leicht gewesen, die Schwäche zu überwinden. Ein anderer wäre vielleicht länger liegengeblieben, aber der Körper des Chinesen war durch zahlreiche Auseinandersetzungen gestählt, und Suko selbst gehörte zu den Menschen, die eigentlich niemals aufgaben, auch wenn die Lage noch so schlecht war.

Wie in diesen Augenblicken!

Als rosig konnte er sie wahrlich nicht bezeichnen, der Aufprall war zu heftig gewesen, aber Suko dachte auch an seine Gegner, die ihm keinesfalls entwischen sollten.

Sie befanden sich im Käfig. Durch einen schmalen Einstieg dicht über dem Boden waren sie in das Innere gelangt. Wikka hatte ihre Dienerin Jane Collins zuerst hineingeschoben, nun folgte sie ihr und zog auch die Tür zu.

Da war der Augenblick, wo Suko sich aufrichtete. Im Gegensatz zu John Sinclair hatte er seine Waffe nicht verloren. Er dachte auch sofort an die Beretta, hob den Arm und richtete die Mündung gegen den Käfig.

Das sah auch Wikka.

Ihr Gesicht verzerrte sich. Das Mal des Satans leuchtete für einen Moment noch stärker auf, und sie wußte wirklich nicht, wie sie sich verhalten sollte.

Suko kam auf den Käfig zu. Sein Gang war schwankend, er hatte Mühe mit seinem Gleichgewicht, und er stieß die nächsten Worte nur flüsternd hervor: »Verdammt, ihr entkommt mir nicht. Auf keinen Fall dürft ihr hier weg . . .«

Und Wikka zitterte. Sie hatte die Arme ausgestreckt, die gespreizten Finger berührten die Stäbe, die auf einmal seltsam warm wurden, fast heiß, was ihr jedoch nichts ausmachte, denn sie wußte nun, daß Asmodis sie nicht verlassen hatte.

Suko, der sich noch immer auf den Käfig zubewegte, ahnte, daß Wikka einen letzten Trick in der Hinterhand hielt. Er wiederholte fast die ersten Worte.

»Verdammt, Wikka, ihr entkommt mir nicht!«

Das war das Zeichen für den Teufel. Aus dem Unsichtbaren griff er für seine beiden Diener ein.

Noch heißer wurden die Käfigstangen. Und zwar so heiß, daß sie anfingen zu glühen.

Das sah auch Suko. Sofort zog er die richtigen Schlüsse. Er schoß. Wikka durfte nicht entkommen, doch der Satan war stärker. Seine Magie hatte Wikka und Jane längst geschützt und in eine andere Dimension geholt.

Als das geweihte Silbergeschoß durch die Stangen in den Käfig fuhr, war dieser bereits leer. Dafür vernahm Suko ein leises höhnisches Lachen und Worte, die unendlich weit entfernt aufklangen.

»Ich komme wieder . . .«

Suko wußte, daß Wikka dieses Versprechen einlösen würde.

*

Der Schuß war verklungen!

Ich zitterte innerlich. Hatte Suko Erfolg gehabt? War es ihm gelungen, Jane und Wikka zu packen? Oder war er selber dabei zu einem Opfer geworden?

Ich hörte Schritte.

Sie bewegten sich auf die Öffnung zu. An ihrem Klang identifizierte ich meinen Freund Suko. Demnach hatte er die Auseinandersetzung überlebt.

Auch ein Erfolg.

Sein Gesicht erschien. Suko hatte sich hingekniet. Er schaute hinunter und hob die Schultern.

Ich wußte Bescheid. Trotzdem fragte ich: »Sind sie entkommen?«

»Ja, John, beide. Ich konnte nichts tun. Wie vor kurzem in der Teufelsschlucht.«

Ich senkte den Kopf und flüsterte: »Okay, schon gut, mein Lieber. Wir haben ja Kalis Statue vernichtet und auch die Schlangen.«

»Was ist mit Mandra?«

»Er lebt.«

Da lächelte Suko und sagte: »Warte, ich hole eine Leiter!«

*

Eine Stunde später hockten wir in einem kleinen Raum und tranken heißen Tee. Mandra und ich waren in Decken gehüllt. Der Inder hatte bisher kaum gesprochen, sondern immer nur mit dem Kopf geschüttelt. Er war sehr deprimiert. So kannte ich ihn gar nicht.

Die Gründe lagen auf der Hand. Mandra war gekommen, um uns nicht nur vor der Gefahr zu warnen, sondern uns auch im Kampf gegen Wikka, Kali und deren Schlangen zu unterstützen.

Er war in die Falle getappt und wäre fast ein Opfer seiner Todfeindin geworden.

»Aber daß Jane die Seite gewechselt hat, begreife ich nicht«, flüsterte er. »Verflixt, das will mir einfach nicht in den Kopf. Tut mir leid, John.«

»Es ist nun mal so.«

»Und du hast es nicht verhindern können?«

»Nein, Mandra. Der Geist des unheilvollen Rippers war nicht zu stoppen, und Wikka hat die Situation sofort erkannt. Wir konnten nichts mehr tun.«

»Gibt es denn für sie eine Chance?«

»Ich hoffe es, aber dann wird es schwer.«

»Wieso?«

»Sie hat Morde auf ihr Gewissen geladen.«

Selten hatte ich Mandra Korab so blaß gesehen. Er schüttelte den Kopf und flüsterte nur: »Mein Gott, das darf doch nicht wahr sein.«

Darauf wußte ich keine Antwort. Es war schrecklich genug gewesen, aber nicht mehr zu ändern.

Dann erschien der Zoodirektor. Auf seinem Gesicht malte sich Erleichterung ab. »Es ist keine Schlange zurückgeblieben. Alle sind vernichtet worden. Das wollte ich ihnen nur sagen.«

»Danke!«

Der Mann verschwand wieder. Wir diskutierten noch über die Schlangen. Vor allen Dingen über die mit den Menschenköpfen.

Mandra meinte: »Kali muß Wikka die Macht gegeben haben, die Schlangen so zu verändern. Und irgendwie findet die Hexe auch immer Dumme, die ihren Parolen folgen.«

»So wird es leider bleiben,« meinte Suko, »denn die Dummheit unter den Menschen stirbt nie aus. Ob sie Kriege anzetteln oder sich in die Hände schrecklicher Dämonen begeben, unsere Gegner werden immer wieder die richtigen finden...«

Da hatte mein Freund und Kollege leider ein sehr wahres Wort gesprochen.

ENDE

GEISTERJÄGER
JOHN SINCLAIR
Die große Horror-Serie von Jason Dark

Band 73 027

Jason Dark

Dämonenfalle Rom

Originalausgabe

Sarah Goldwyn, die Horror-Oma, hatte im Preisausschreiben eine 7-Tage-Reise für zwei Personen nach Rom gewonnen.
Wen sollte sie mitnehmen? Sie entschied sich für Glenda Perkins, meine Sekretärin.
Beide flogen in den Urlaub und landeten in der Hölle. – Aus der fernen Vergangenheit der Stadt erschien ein unheimlicher Gladiator, der einen furchtbaren Amoklauf begann.
Der Alarmruf erreichte mich in London, und ich jagte nach Rom. In den düsteren Katakomben der Millionenstadt kämpfte ich inmitten von lebenden Toten um das Leben der beiden Frauen . . .

BASTEI LÜBBE

Jerry Cotton

Atemberaubend, packend, aktuell. Die erfolgreichste Kriminalserie der Welt. Großartige Fälle von höchster Brisanz.

Band 31 264

Die Republik der Mafia

Originalausgabe

Die Inselgruppe Tarrena, das jüngste UN-Mitglied, war ein tropisches Paradies. Doch dann wurde ihr Botschafter in New York von einem Gangster ermordet, und Gerüchte über seltsame Ereignisse auf Tarrena machten die Runde . . .
Die Lösung des Falles konnte nur auf den Inseln selbst zu finden sein. Mr. High schickte Phil und mich dorthin – in eine Serie gefährlicher Abenteuer.
Etwas Ungeheuerliches war auf Tarrena im Entstehen: die Republik der Mafia!

BASTEI LÜBBE